# Der Geist ist Willig

Ein Paranormaler Cozy Mystery Crime
DIE GEISTERDETEKTIVIN BAND 4

## JANE HINCHEY

Übersetzt von

## TANJA LAMPA

Australien

Bitte kaufen Sie nur autorisierte elektronische Exemplare und beteiligen Sie sich weder an der elektronischen Piraterie urheberrechtlich geschützter Materialien noch an deren Förderung.

ÜBER DIESES BUCH

**Ein schlechter Tag mit Kaffee ist besser als ein guter Tag ohne Kaffee.**

Eine Privatdetektei in der Küstenstadt Firefly Bay zu leiten, sollte eine ziemlich einfache Aufgabe sein. Eine, bei der ich das Sagen habe – bildlich gesprochen, denn wenn man mir, dem kleinen Tollpatsch, die Verantwortung für eine Schusswaffe überträgt, ist Ärger vorprogrammiert. Nach ein paar hektischen Monaten wünsche ich mir nichts mehr als einen ruhigen Tag, an dem meine Fälle nicht anstrengender sind als die Entscheidung, ob es am Abend Pizza oder Tacos (oder beides) gibt.

Ich hätte wissen müssen, dass mein Tag nur übel enden kann, als jemand heimlich meine Kaffeepads gegen koffeinfreien Kaffee austauscht (ernsthaft, wer tut so etwas?) und Savannah McIntosh auftaucht, die Ex-Freundin meines Freundes – Captain Cowboy Hot Pants, auch bekannt als Detective Kade Galloway – und Ermittlerin für interne Angelegenheiten.

Bevor ich Café Latte sagen kann, weicht Galloway meinen Anrufen aus, habe ich einen Waschbären am Hals, der beschlossen hat, dass „mi casa su casa" ist, verliebt sich mein geisterhafter bester Freund unsterblich und verschwindet ein junges Mädchen, Kira Melendez.

So viel zu einem einfachen Tag. Ich habe den leisen Verdacht, dass mein Leben bald eine ganz neue Stufe der Verrücktheit erreichen wird.

# ANMERKUNG DER AUTORIN

Hallo und willkommen in der seltsamen und verrückten Welt meiner Fantasie. Ich hoffe, Sie genießen Ihre Zeit hier.

Wenn Sie alles Übernatürliche so sehr lieben wie ich, dann wird Ihnen die Reise gefallen – zumindest gehe ich davon aus.

*Der Geist ist willig* ist das vierte Buch meiner Geisterdetektivin-Reihe, und weitere werden folgen. Melden Sie sich also gleich für meinen Newsletter an, damit ich Sie benachrichtigen kann, wenn der nächste Band erscheint.

Sie können sich hier für meinen Newsletter anmelden:

www.JaneHinchey.com/subscribe-deutsch/

Okay, bereit, ein wenig zu zaubern und einige Rätsel zu lösen?

Dann sehen wir uns auf der anderen Seite wieder!

xoxo
Jane

Ich ignorierte das unangenehme Gefühl in der Brust und fragte mich wieder einmal, ob ich für das gewappnet war, was dieser Tag für mich bereithielt. Man hatte mich ins Firefly Bay Police Department vorgeladen, um eine offizielle Aussage zu meinen Begegnungen mit Officer Ian Mills zu machen. Meiner Meinung nach war Mills ein korrupter Polizist, wobei ich diese Behauptung alles andere als leichtfertig äußerte. Nicht nach dem, was meinem besten Freund und ehemaligen Detective Ben Delaney passiert war.

Ben war von einem korrupten Kollegen hereingelegt und schließlich aus seinem geliebten Beruf gedrängt worden. Und damit hatte meine Hassliebe zur Polizei ihren Anfang genommen: Hass wegen dem, was sie Ben angetan hatten, Liebe, weil ich jetzt mit einem superheißen Cop zusammen war – mit Detective Kade Galloway, auch bekannt als *Captain Cowboy Hot Pants*.

Ja, ich weiß. Und um ehrlich zu sein, bin ich genauso überrascht wie Sie. Ich meine, ich bin mit einem Polizisten zusammen? Wie lächerlich. Aber es sind schon seltsamere Dinge passiert – glauben Sie mir, das sind sie! Natürlich war die Tatsache hilfreich, dass Galloway an einer geheimen Untersuchung gegen korrupte Strafverfolgungsbeamte beteiligt war. Nach Monaten, in denen es so aussah, als gäbe es keine Fortschritte, war nun plötzlich eine Ermittlerin für interne Angelegenheiten aufgetaucht und die gesamte Wache war in Aufruhr – mit Ausnahme von Galloway, der in die ganze Sache involviert war. Neben der Kollegin aus der Innenrevision natürlich.

Ich pustete in meinen Kaffeebecher und schaute aus dem Fenster auf den Wald, der an die Rückseite meines Grundstücks grenzte. Es fühlte sich immer noch seltsam an, dieses Haus als meins zu betrachten. Es gehörte Ben. Nur dass er vor Monaten gestorben war und mir alles hinterlassen hatte. Sein Haus. Sein Auto, wobei ich gar nicht davon reden möchte, dass ich es eines Abends zu

Schrott gefahren hatte, als ich von bewaffneten Bösewichten verfolgt wurde. Die gute Nachricht war, dass ich inzwischen einen neuen Wagen besaß. Einen sportlichen Honda CR-V in Metallic-Blau … und er war einfach *göttlich*. Außerdem hatte ich Bens Privatdetektei geerbt und so war ich hier gelandet. Es mochte sich wie ein Traum anfühlen, aber ich war tatsächlich eine frisch gebackene Privatdetektivin mit einem schönen Haus und einem beruhigenden Kontostand.

„Worüber denkst du nach?"

Bens Geist tauchte neben mir auf und erschreckte mich. Ich zuckte zusammen und etwas Kaffee schwappte über den Rand meines Bechers.

„Mann!", schnauzte ich ihn an und warf ihm einen wütenden Seitenblick zu. „Wie oft denn noch?"

„Ich kann nichts dafür! Ich bin ein Geist. Ich mache eben keinen Lärm."

Ich trank einen Schluck der heißen Flüssigkeit und ignorierte vorerst, dass ich etwas davon verschüttet hatte. Natürlich würde ich es noch aufwischen, aber fürs Erste starrte ich auf die dicken Wolken, die aufzogen. Ein Sturm war im Anmarsch. Das konnte ich nicht nur am grauen Himmel vor dem Fenster sehen, sondern auch in den Knochen spüren. Düster und unheilvoll. Entweder das oder ich litt an Arthritis, aber dafür sollte ich mit neunundzwanzig Jahren zu jung sein. Ich starrte auf die Hand, in der ich nicht den Becher hielt, und öffnete und schloss sie mehrmals. Dann streckte ich die Finger aus, bis ich den Zug und die Belastung der Muskeln und Sehnen spürte, bevor ich sie wieder zusammenzog. Nein, keine Schmerzen. Also keine Arthritis.

„Was machst du da?", fragte Ben.

„Ich habe überprüft, ob ich an Arthritis leide", antwortete ich gedankenverloren und ließ den Blick wieder über die Bäume schweifen. Dort hatte er gelegen. Dort hatte ich seine Leiche gefunden.

Ben folgte meinem Blick und seufzte, weil wir das schon unzählige Male besprochen hatten. Ben hätte zwar ins Jenseits übergehen können, hatte sich aber entschieden, hierzubleiben, worüber ich mir nun Sorgen machte. Er hatte sich entschlossen, ein Leben als Geist zu leben, und die einzige Person, die ihn sehen und mit ihm kommunizieren konnte, war ich. Reichte das? Und natürlich hatte ich auch Angst davor, dass er irgendwann doch gehen würde. Ich hatte schon vor langer Zeit beschlossen, dass ein Geister-Ben besser war als gar kein Ben, und obwohl ich sehr unglücklich über seinen Tod war, hatte ich die Situation als unsere neue Normalität akzeptiert.

Und als mein bester Freund kannte Ben mich manchmal besser als ich mich selbst. „Machst du dir Sorgen um Galloways neue Partnerin?"

Ich zuckte halbherzig mit den Schultern. *Gute Frage.* Aber nicht die richtige Frage. Irgendwann gestern Abend zwischen meiner Karaoke-Darbietung von *Man, I Feel Like A Woman* und meinem sechsten Tequila hatte ich herausgefunden, was mich wirklich störte. Und entgegen allen Vermutungen war es nicht Savannah McIntosh.

Savannah war die interne Ermittlerin der Dienstaufsichtsbehörde, die die Geheimnisse und Lügen in der Strafverfolgungsbehörde von Firefly Bay aufdecken sollte. Sie war groß, blond, blauäugig und sah einfach umwerfend aus … Und sie war Galloways Ex-Freundin. Also dachten alle, dass ich mich durch ihre Anwesenheit bedroht fühlen sollte. Ich sollte die Erwartung der von Eifersucht gepeinigten Frau erfüllen und mich pflichtbewusst wie eine Verrückte aufführen. Doch ich war noch nie gut darin gewesen, die Erwartungen anderer Leute zu erfüllen.

Okay, gut. Der gestrige Abend im Pub war die Krönung zu vieler langer Tage und schlafloser

Nächte gewesen und hatte nichts mit Savannahs Auftauchen zu tun gehabt. Ich hatte einen Fall übernommen. Um genau zu sein, handelte es sich um eine Observation. Meine Klientin, Mrs Morgan, hatte mich beauftragt, dem Verschwinden ihrer Zeitung auf den Grund zu gehen. Ich weiß, das klingt nicht besonders aufregend, und um ehrlich zu sein, war es das auch nicht. Aber es war ein Fall und er sorgte dafür, dass ich etwas zu tun hatte. In letzter Zeit war es in der Detektei ziemlich ruhig gewesen, also konnte ich nicht wählerisch sein, und das Auffinden vermisster Haustiere und gestohlener Zeitungen hielt mich davon ab, zu viel über … Dinge nachzudenken.

Der Fall war schnell gelöst und sein Ende irgendwie vorhersehbar gewesen. Trotzdem musste ich Mrs Morgans Haus mehrere Morgen hintereinander überwachen, bevor ich die Täterin – ihre Nachbarin interpretierte diesen Begriff natürlich sehr großzügig – auf frischer Tat ertappte. Ich hatte alles auf meiner Kamera festgehalten und so gab es Videobeweise, die zeigten, wie die Diebin in den frühen Morgenstunden durch Mrs Morgans Vorgarten schlich und sich die Zeitung schnappte, die der Bote fachmännisch auf ihre Fußmatte geworfen hatte. Ich hatte Mrs Morgan meinen

Abschlussbericht übergeben und damit war der Fall abgeschlossen. Was sie gegen ihre diebische Nachbarin unternehmen würde, blieb ihr überlassen. Mein Auftrag endete in dem Moment, als ich das Rätsel gelöst hatte.

Also, ja, dass ich mir einen angetrunken hatte, geschah zum Teil aus meiner Feierlaune heraus, hauptsächlich aber, um die nagende Verärgerung darüber zu verjagen, dass alle – meine Familie eingeschlossen – erwarteten, dass ich wegen Savannahs Erscheinen und ihrer Vergangenheit mit Galloway einen Wutanfall bekommen sollte. Aber ich war noch nie besonders eifersüchtig gewesen und war es auch jetzt nicht. Nein, in Wahrheit sorgte ich mich nicht um Savannah und Galloway, sondern ausschließlich um meine Befragung.

Sie bot mir die Möglichkeit, die ich gleichzeitig herbeigesehnt und gefürchtet hatte. Von meiner Zeugenaussage hing so viel ab. Ich wünschte mir nichts sehnlicher, als dass Mills mit der vollen Härte des Gesetzes bestraft werden würde, wusste aber, dass es bei den Ermittlungen um mehr ging als um Mills und mich. Laut Galloway reichte die Korruption bis ganz nach oben in der Polizeihierarchie. Mills war nur ein kleines Rädchen in einer viel größeren Maschine. Meine Sorge war, dass Mills ungeschoren davonkommen würde, sollte ich die Sache vermasseln, was einen Schneeballeffekt zur Folge hätte. Die gesamte Untersuchung würde dann wie ein Kartenhaus in sich zusammenfallen.

Der rationale Teil meines Gehirns sagte mir zwar, dass dieses Szenario unwahrscheinlich sei, aber ich machte mir trotzdem Sorgen. Diese Angst und die Tatsache, dass ich mich selbst darüber ärgerte, dass ich mir Sorgen machte, reichten aus, um jedes Mal einen leichten Anfall von Hyperventilation auszulösen, wenn ich nur daran dachte.

„Ich mache mir keine Sorgen um Savannah McIntosh."

„Ich muss schon sagen, sie ist wirklich ein heißer Feger." Ben straffte die Schultern und streckte die Brust heraus. „Wenn ich körperlich wäre …"

Ich schnaubte. „Okay. Viel Spaß mit dem heißen Feger. Ich bin sicher, sie wäre begeistert, wenn du auf Schritt und Tritt um sie herum geisterst." Ich musste über mein eigenes Wortspiel grinsen, wurde dann aber wieder ernst. „Eigentlich ist das keine schlechte Idee."

„Du willst, dass ich sie ausspioniere? Fitz, das passt nicht zu dir."

„Was meinst du damit, dass das nicht zu mir passt? Das passt perfekt zu mir."

Er grinste. „Ja, du hast recht. Du willst also, dass ich nachsehe, was Kade und sie tun?"

Ich runzelte die Stirn. „Wovon redest du? Nein. Ich möchte nicht, dass du meinem Freund nachspionierst. *Meine Güte, Ben.* Ich möchte, dass du dich über den Stand der Ermittlungen informierst. Ehrlich gesagt, scheinen alle auf mich, Galloway und *sie* fixiert zu sein, während ihr euch lieber darauf konzentrieren solltet, warum sie hier ist."

Ben hatte wenigstens den Anstand, zerknirscht zu schauen. „Du hast recht. Sorry. Konzentrieren wir uns auf den Fall."

„Richtig", brummte ich und beäugte meine Tasse misstrauisch. Normalerweise sollte ich längst die Wirkung des Koffeins spüren. Meine morgendliche Gereiztheit sollte nachlassen, nicht stärker werden. Ich trank noch einen Schluck und das heiße Gebräu schmeckte bitter auf meiner Zunge.

„Wann ist deine Befragung?", fragte Ben.

„Um neun Uhr."

„Du weißt, dass es halb neun ist, oder?"

Ich hätte fast meinen Becher fallengelassen. „Das kann nicht sein." Ich drehte mich um und schaute auf die große Uhr an der Wohnzimmerwand. „Siehst du? Sieben Uhr dreißig."

„Fitz. Diese Uhr steht seit letzter Woche. Ich habe es dir erzählt. Ist dir nicht aufgefallen, dass sie jedes Mal, wenn du draufschaust, sieben Uhr dreißig anzeigt?"

*Nein, nein, nein.* Ich eilte in die Küche, knallte meinen Becher auf den Tresen und griff nach meinem Handy, um es noch einmal zu überprüfen. *Acht Uhr dreißig.* Mit einem Schrei ließ ich das Telefon wieder auf die Arbeitsplatte fallen und raste die Treppe hinauf, Ben dicht auf den Fersen.

„Keine Panik. Du hast doch schon ausgesucht, was du anziehen wirst, oder?"

„Ja!" Ich hatte mich für Schwarz entschieden. Sexy. Mysteriös. Ein wenig bedrohlich. Und es verdeckte sämtliche Flecken. Als ich mit dem Finger in der Luft herumwirbelte, blieb Ben pflichtbewusst zurück und drehte sich um. Wir hatten eine Art Geheimsprache ausgearbeitet, damit er mich nicht überraschen würde, wenn ich nackt war. Schließlich gab es nichts Schlimmeres als einen perversen Geist.

Ich schlüpfte aus meinem Schlafanzug und in saubere Unterwäsche, sprühte mir Deo unter die Arme und zog dann eine schwarze Hose, ein weißes T-Shirt (falsch herum, damit der Fleck hinten war) und einen schwarzen Blazer an. Nachdem ich die Füße in schwarze Lackpumps gesteckt hatte, eilte ich ins Bad. Ich hatte keine Zeit, meinem Make-up die Aufmerksamkeit zu schenken, die mein Gesicht verdient hätte. Statt des makellosen Lidstrichs, den ich eingeplant hatte, und der klassisch roten Lippen trug ich nur etwas BB-Creme und Lipgloss auf.

Mein Haar war wie immer eine Katastrophe, ein schulterlanger blonder gewellter Bob, aber mein Friseur war ein Genie und hatte es so geschnitten, dass die unordentliche Frisur so aussah, als hätte ich dafür Stunden im Badezimmer verbracht. Dabei war der neue Schnitt nur deshalb nötig gewesen, weil ich mir mit dem Lockenstab eine ziemlich breite Haarsträhne abgebrannt hatte, sodass eine kürzere Frisur die einzige Alternative gewesen war.

Ich strich mir durch die Haare und zupfte an meinem Kragen. „Ich sehe doch ziemlich cool aus, oder?"

„Alles, was zählt, ist, dass *du* denkst, dass du cool aussiehst", meinte Ben, der inzwischen am Türpfosten lehnte. Ich zeigte ihm den Stinkefinger und eilte die Treppe hinunter, wobei ich auf der letzten Stufe umknickte und gerade noch verhindern konnte, ungelenk auf dem Boden zu landen.

„Sei vorsichtig“, mahnte Ben. „Bist du sicher, dass die Absätze eine gute Idee sind?“

Mein Knöchel pochte, aber ich wollte nicht zugeben, dass Ben recht hatte. Die Absätze waren natürlich eine lächerliche Idee gewesen. Ich war der ungeschickteste Mensch der Welt und wenn man über Luft stolpern könnte, würde ich es tun. Daher waren Absätze normalerweise ein absolutes Tabu, aber heute brauchte ich Mut in Form eines coolen Outfits. Und dazu gehörten nun mal auch Absätze.

„Bist du nervös?“

Ich hob eine Schulter. „Nein … Ich weiß nicht … Vielleicht.“

„Fest entschlossen wie immer, Fitz. Du schaffst das schon. Hast du alles?“

Ich runzelte die Stirn. „Ich glaube schon.“

„Die Schlüssel?“

Ich klopfte auf meine Tasche. Leer. Ich humpelte in den offenen Wohnbereich, schnappte mir die Schlüssel vom Couchtisch, mein Handy vom Küchentisch und drehte mich dann um, um nach meiner Handtasche zu suchen.

„An der Vordertür. Dort, wo du sie gestern Abend hast fallen lassen.“ Ben hatte schon immer ein Händchen dafür gehabt, zu wissen, was ich dachte.

Nun, meistens zumindest. Manchmal irrte er sich auch gewaltig.

„Okay." So schnell es mein verstauchter Knöchel zuließ, machte ich mich auf den Weg zur Haustür. Natürlich lag meine Handtasche auf dem Boden neben der Eingangstür.

Ich schnappte sie mir, steckte das Handy hinein, warf sie mir über die Schulter und machte mich auf den Weg in die Garage zu meinem Honda CR-V. Es war ein wenig beunruhigend, wie sehr ich dieses Auto liebte. Vielleicht lag es daran, dass es das erste nagelneue Auto war, das ich je gekauft hatte? Mein letztes Auto war ein verrosteter Chrysler gewesen, Baujahr 1970 oder so. Dann war ich kurzzeitig Besitzerin von Bens Nissan Rogue gewesen, aber das war *Bens* Auto gewesen – das war nicht dasselbe. Doch der Honda gehörte mir allein. Liebevoll strich ich mit der Hand über den Lack, bevor ich die Tür öffnete und hinter das Lenkrad glitt.

„Geh es auf der Straße einfach locker an. Okay, Fitz?", meinte Ben vom Beifahrersitz aus.

„Du bist schon tot, du kannst nicht noch einmal sterben", meinte ich nur, drückte den Knopf für den automatischen Garagentoröffner und startete den Motor.

„Das stimmt. Aber du kannst es."

„*So* schlecht fahr ich gar nicht!" Ich warf ihm einen entrüsteten Blick zu und setzte rückwärts aus der Einfahrt. Der Frühling lag in der Luft, trotz des Sturms, der auf uns zurollte. Kleine grüne Blattknospen prangten an den Bäumen, und Pflanzen, von denen ich nicht gewusst hatte, dass es sie in meinem Garten gab. Sie streckten die Köpfe durch die Erde und bereiteten sich auf Sonnenschein und herrliche Tage vor.

Ich fuhr die Straße hinunter, die Sonne schien vom Himmel. Doch die dunklen, riesigen Wolken in meinem Rückspiegel warnten vor einem herannahenden Sturm. Ein Donnerschlag ertönte und ein Schauer lief mir über den Rücken.

„Ich hoffe, das ist kein schlechtes Omen", flüsterte ich und ließ den Blick vom Rückspiegel zur Windschutzscheibe und wieder zurück schweifen.

„Wofür? Für ein drohendes Unheil?", fragte Ben grinsend. „Entspann dich, Fitz. Es ist nur ein Sturm. Dafür ist allein die Wetterlage verantwortlich. Das hat absolut nichts mit deiner heutigen Aussage zu tun."

Ich verzog den Mund zu einer geraden Linie und konnte nur hoffen, dass er recht hatte.

# KAPITEL 2

ank der Vorzüge des Lebens in einer Kleinstadt stand ich fünf Minuten später vor dem FBPD. Ich stellte das Getriebe des Hondas auf Parken, schaltete die Zündung aus und wandte mich an meinen körperlosen Freund auf dem Beifahrersitz. „Ich muss dich um einen Gefallen bitten."

„Ja?"

„Komm bitte nicht mit mir in den Befragungsraum. Ben, ich liebe dich über alles, aber du lenkst mich ab, und ich weiß, dass du mir helfen willst, aber ..." Ich atmete tief ein und aus. „Ich will nicht, dass Savannah mich für verrückt hält, weil ich mit der Luft rede. Aber wenn sie mich erwischt, wie ich mit dir spreche, wird sie genau das denken. Und dann wird meine Aussage nichts wert sein, weil sie mir nicht glauben wird. Wahrscheinlich wird sie dann ein psychologisches Gutachten vorschlagen."

Ben stützte einen Ellbogen auf die Armlehne und sah mich an. „Okay. Ich komme nicht mit rein."

„Aber du kannst dich gerne auf dem restlichen Revier umsehen", schlug ich vor.

„Und nach Galloway sehen."

Ich stöhnte. „Das habe ich nicht gesagt."

„Das war auch nicht nötig."

Ein heftiges Klopfen an meinem Fenster schreckte mich auf. Als ich durch die Scheibe schaute, sah ich einen braunhaarigen, grauäugigen, großen Weißen in schwarzen Jeans, einem grauen T-Shirt und einer schwarzen Anzugjacke, der mich auf eine Art und Weise angrinste, dass mir die Knie weich wurden.

Als er die Tür öffnete, fiel ich aus dem Auto und in seine Arme. Er zog mich fest an sich und wirbelte mich im Kreis herum, wobei ich wie ein Schulmädchen kreischte. Ohne jegliche Coolness.

„Ich habe dich vermisst", sagte Galloway und ließ mich wieder los.

„Ich dich auch." Wir hatten in letzter Zeit beide

viel zu tun gehabt. Er mit den Ermittlungen, ich mit den fehlenden Zeitungen.

Er zeigte in Richtung des Gebäudes. „Bist du bereit?"

Mein Magen schlug Purzelbäume. *War* ich dafür bereit? Galloway hatte mich vor möglichen Konsequenzen gewarnt. Wenn Köpfe rollen würden – und er war sich sicher, dass dies der Fall sein würde – würden einige Beamte ihren Job verlieren. Und ihre Rente. Menschenleben wären davon betroffen und die Gerüchteküche in unserem Örtchen würde brodeln. Und Mills würde mir die Schuld an allem geben, aber das war nichts Neues. Er gab mir auch die Schuld daran, dass er während der laufenden Ermittlungen vom Dienst suspendiert worden war.

Ich dachte an den Tag zurück, an dem Anita Finley auf dem Kelsh-Anwesen gestorben war. Ich hatte ihre Leiche entdeckt und Officer Ian Mills und Sergeant Dwight Clements waren ebenfalls dort gewesen. Mills und ich hatten schon immer Probleme miteinander gehabt und ich war mir sicher, dass er mein Rücklicht absichtlich zerstört hatte, um mich anhalten und festnehmen zu können. Und ich war mir sicher, dass er der Einbrecher gewesen war, der meine Wohnung verwüstet hatte, bevor er mich über den Treppenabsatz gestoßen hatte, weil ich ihn überrascht hatte. Doch leider konnte ich nichts davon beweisen. Was ich jedoch beweisen konnte, war sein körperlicher Übergriff am Tag von Anitas Tod.

An diesem Tag war er durchgedreht. Offensichtlich hatte ich ihn zu weit getrieben, denn er hatte sich vergessen und mich angegriffen. Als Beweis hatte ich blaue Flecken am Hals und seine Haut unter meinen Fingernägeln. Aber ich wusste nur zu gut, dass Beweise verschwinden und Aussagen verfälscht werden können.

„Ich bin bereit." Natürlich war ich das nicht. Ich war mir vielmehr sicher, dass ich mich jeden Moment übergeben müsste. Schweißperlen traten mir auf die Stirn, mein Mund wurde trocken, und mein Magen überschlug sich noch mehr.

„Audrey?" Galloway legte mir eine Hand auf die Schulter und sah mich an. „Du schaffst das. Ich weiß nicht, warum du so nervös bist. Erzähl Savannah einfach alles, was du über Mills weißt. Das ist alles. Du weißt, dass er nur eine kleine Nummer ist, aber er könnte unsere Eintrittskarte sein, um die Korruption in der FBPD auffliegen zu lassen, wenn er uns die Namen der anderen

Beteiligten nennt. Er ist nicht der Einzige, der unter Verdacht steht."

„Ja, aber er ist der Einzige, dessen Name bisher öffentlich genannt wurde. Jeder weiß, dass er mich angegriffen hat, dass er mich am liebsten umgebracht hätte, wenn ich ihn nicht mit diesem Stein geschlagen hätte. Selbst Clements war über das Ausmaß der Gewalt überrascht gewesen."

„Atme tief durch." Er zog mich an seine Brust und drückte mein Gesicht an sich. Ich war dankbar, dass ich mich nicht für den Eyeliner entschieden hatte, denn er wäre jetzt sicher auf seinem Hemd verschmiert worden. „Alles wird gut."

Ich schob die Arme unter seine Jacke und um seine Taille und die Wärme seines Körpers beruhigte meine Nerven ein wenig. „Können wir zusammen reingehen? Oder wäre das Verbrüderung?"

Grinsend ließ er mich los, nahm meine Hand und führte mich zum Eingang der Wache. „Natürlich können wir zusammen reingehen. Alle wissen, dass du meine Freundin bist."

Ich hörte das immer noch sehr gern und hatte nach wie vor keine Ahnung, wie das passiert war, war aber froh, dass es passiert war. Galloway war wie ein Hauch von frischer Luft und Sonnenschein an einem ansonsten verregneten Tag gewesen.

Drinnen ging es zu wie immer. Die Schreibtische nahmen den größten Teil des Hauptraums ein. Eine Glaswand trennte den öffentlichen Eingang vom vorgelagerten Verwaltungsbereich. Kaum waren wir über die Schwelle getreten, wurden die Geräusche von Schreibmaschinen und Papieren immer lauter. Vermutlich hatten sie uns alle beobachtet.

Sergeant Addison Young lehnte sich in ihrem Stuhl zurück und grinste mich an. „Hey, Audrey. Schön, Sie wiederzusehen."

Mein Mund war wieder trocken und meine Lippen klebten an den Zähnen, als ich ihr Lächeln erwiderte, weshalb es sicher eher so aussah, als würde ich ihr die Zähne zeigen. Addison zwinkerte kurz, wandte sich dann wieder ihrem Schreibtisch zu und tippte weiter.

„Audrey", Officer Noah Walsh kam mit zwei Kaffeebechern in der Hand auf uns zu. Er stellte einen auf die Ecke von Addisons Schreibtisch und nippte dann an dem anderen. Ich starrte auf den Becher. *Ich würde für einen Kaffee töten.*

Ich träumte immer noch von Kaffee, als ich bemerkte, dass alle Anwesenden ihre Arbeit eingestellt hatten und sämtliche Mitarbeiter des FBPD über meine rechte Schulter starrten. Ich brauchte mich nicht umzudrehen, um zu wissen, dass die Ermittlerin für interne Angelegenheiten, Savannah McIntosh, den Raum betreten hatte.

„Audrey Fitzgerald?" Die wohlklingende Stimme, die an meine Ohren drang, hätte von einer Telefonsex-Vermittlerin stammen können – nicht, dass ich wusste, wie eine klang. Aber ich stellte mir vor, dass sie so warm und honigsüß flötete wie jene Stimme, die hinter mir zu hören war.

Ich drehte mich um. Ich hatte Savannah schon aus der Ferne gesehen, also sollte mich ihre Schönheit nicht schockieren. Aber aus der Nähe? Aus der Nähe war sie einfach nur wunderschön. Wie erwartet, trug sie einen Hosenanzug – einen marineblauen Nadelstreifenanzug, dessen Jacke in der Taille mit zwei Knöpfen geschlossen war, während sein Schnitt ihre schlanke Taille und die Rundungen ihrer Hüften betonte. Unter der Jacke trug sie eine saubere weiße Bluse. An ihren Füßen: schwarze, spitze Pumps.

Ihr langes blondes Haar fiel ihr in einem glatten Wasserfall über die Schultern. Im Ernst, mit ihren Haaren sollte sie Werbung für Shampoo machen. Etwas Mascara und ein dezent verblendeter Eyeliner betonten ihre blauen Augen, ihre Lippen waren nudefarben geschminkt und ihre Haut war so klar, als wäre sie mit Photoshop bearbeitet worden. Unaufdringlich, elegant, stilvoll.

Ich straffte die Schultern, trat einen Schritt vor und streckte die Hand aus. „Savannah. Freut mich, Sie kennenzulernen."

Ihr Händedruck war fest, ihr Lächeln warm. „Kommen Sie mit. Kade, könntest du uns einen Kaffee holen?"

„Natürlich."

Ich warf ihm einen Blick über die Schulter zu, als ich Savannah in einen der Befragungsräume folgte. Es schien ihm nichts auszumachen, für seine Ex den Laufburschen zu mimen. Aber warum sollte es auch? Galloway würde auf keinen Fall dieser kleinen Miss Universum nachtrauern ... denn er hatte mich und ich war Frau genug für jeden Mann. Es würde aber nichts schaden, wenn er uns Kaffee bringen würde, damit er bescheiden blieb.

„Viel Glück", wünschte er mir, bevor er sich zu den anderen gesellte, die gerade um die Kaffeemaschine herumstanden, als wären sie nicht im Geringsten an dem Aufeinandertreffen seiner Freundinnen – der aktuellen und der ehemaligen – interessiert.

Dann sah ich Ben, wie er mit offenem Mund und riesigen Augen Savannah anstarrte. Ich senkte den

Kopf, während sich Panik in mir breitmachte. Er würde mir die Sache vermasseln, ich wusste es einfach. Ich versuchte, seine Aufmerksamkeit zu gewinnen, aber er hatte nur Augen für die große Blondine. Mein Magen drehte sich wieder um und eine unangenehme Welle von Schweiß brach aus, sodass ich dankbar für die dunkle Jacke war, die eventuelle Achselflecken verbergen würde.

<hr>

„Fitz, es tut mir leid!" Ben entschuldigte sich bereits zum tausendsten Mal bei mir und ich ignorierte ihn weiterhin. „Sieh mal … sie ist … sie ist einfach …", stotterte er, wie er es tat, seit er Savannah McIntosh gesehen hatte. Einst ein wortgewandter und – ich wage zu behaupten – intelligenter Geist, war er nun nur noch ein nuschelnder, unbeholfener Tölpel.

Er war uns in den Befragungsraum gefolgt – obwohl er mir versprochen hatte, es nicht zu tun – und hatte Savannah die ganze Zeit mit einem verträumten Gesichtsausdruck *angestarrt,* während er bei jedem ihrer Worte an ihren Lippen gehangen hatte.

„Vermutlich sollte ich dankbar sein, dass du

deinen Mund gehalten hast", schnaubte ich, warf meine Tasche auf den Küchentisch und zog die Schuhe aus. Mein Knöchel verfärbte sich bereits in wunderschönen Blau- und Lilatönen und ich drehte ihn in alle Richtungen, um zu überprüfen, ob er noch schmerzte. Er tat es. Die Bewegung schickte einen scharfen Schmerz in mein Bein.

„Wow." Ben ging in die Hocke, um einen genaueren Blick darauf zu werfen. „Ich hätte nicht gedacht, dass es so schlimm ist. Du solltest ihn kühlen."

„Danke, du Genie", brummte ich und griff nach dem Kaffeebecher, den ich am Morgen stehen gelassen hatte und dessen Inhalt längst kalt war. Ich ging meine Optionen durch. Entweder würde ich ihn in die Mikrowelle stellen oder mir einen neuen Becher machen. Dann sah ich mir die braune Flüssigkeit etwas genauer an. War das ein … *Katzenhaar?*

„Thor!", brüllte ich.

Der große, graue Teddybär von einem Kater, den ich von Ben geerbt hatte, zwängte sich durch die Katzenklappe und starrte mich mit seinen orangefarbenen Augen an.

„Oh, gut, du bist wieder da", sagte er in seinem liebenswerten britischen Akzent.

„Sag es nicht. Du bist am Verhungern“, meinte ich sarkastisch. Das war Thors Lieblingsspruch und allmählich war ich überzeugt, dass ich nicht mehr so prompt darauf reagieren sollte. Sonst würde er bald gar nicht mehr durch die Katzenklappe passen. Ich zeigte auf meinen Kaffeebecher. „Hast du meinen Kaffee getrunken?“

„Warum sollte ich das tun?“ Er setzte sich, leckte sich die Pfote ab und rieb sie dann über sein Gesicht.

„Glaub nicht, dass du mich so leicht täuschen kannst“, warnte ich ihn. „Eine Frage mit einer Frage zu beantworten, ist ein verräterisches Zeichen.“

Thor hielt in seiner Körperpflege inne und beäugte mich. Dann fuhr er mit einem langsamen Blinzeln fort, sich zu putzen. Mit einem Mund voller Fell meinte er schließlich: „Gut. Er roch anders. Also wollte ich es nachprüfen.“

„Nachprüfen? Was denn? Moment! Du glaubst doch nicht, dass er vergiftet war, oder?“ Ich hatte an diesem Morgen kaum etwas davon getrunken, aber vielleicht hatte es für Schweißausbrüche und Übelkeit gereicht. Vielleicht war meine Reaktion gar nicht auf meine Nervosität zurückzuführen gewesen.

„Entspann dich, Sherlock. Wer würde dich schon vergiften wollen?“

„Nun, ich weiß es nicht! Jeder!" Ich schnippte mit den Fingern und zeigte auf Thor. „Mills! Ich bin sicher, Ian Mills würde mich gerne tot sehen."

„Das mag ja sein, aber dein Kaffee war nicht vergiftet."

„Was dann?"

„Es ist koffeinfreier Kaffee."

Es begann mit einem Klingeln in meinen Ohren, das langsam immer lauter wurde. Mein Blick blieb an Thor hängen, der sein süßes Gesicht wusch, als hätte er nicht gerade die größte Bombe der Welt platzen lassen. „Es ist was?" Ich musste würgen und fuhr mir mit der Hand an die Kehle.

„Wow." Ben klang ebenso entsetzt. „Bist du sicher?"

Thors Schwanz klopfte auf den Boden. „Natürlich bin ich mir sicher."

Ich fächelte mir Luft zu. „Warte. Lass mich eines klarstellen. Du willst mir erzählen, dass jemand meinen Kaffee gegen koffeinfreien ausgetauscht hat?"

Thor legte den Kopf schief und dachte kurz nach. „Ich kann nicht sagen, ob jemand ihn ausgetauscht hat. Vielleicht hast du auch den falschen Kaffee gekauft. Aber ich kann mit hundertprozentiger

Überzeugung sagen, dass dieser Kaffee koffeinfrei ist.“

Ich öffnete den Hängeschrank und holte die Tüte mit den *Folgers Classic Roast K-Pads* heraus. Obwohl ich nun stolze Besitzerin von Bens ausgefallener Kaffeemaschine war, liebte ich meine Kaffeepad-Maschine und benutzte sie mit Hingabe. Ich war der Drück-auf-einen-Knopf-und-das-magische-Gebräu-erscheint-Typ.

Ich öffnete den Deckel und biss mir auf die Lippe. Meine Folgers Classic Roast K-Pads waren durch *Folgers 100% Colombian entkoffeinierten Kaffee* ersetzt worden.

„Verdammt!“, schrie ich, schnappte mir ein Pad und schleuderte es quer durch den Raum. „Wer hat das getan?“

Ben hob die Hände und wich zurück. „Hey! Ich war das nicht.“

Ich schnaubte. „Davon gehe ich auch nicht aus, du Genie. Du kannst nichts anfassen. Wer besaß die Frechheit, in mein Haus zu kommen und meinen Kaffee hinter meinem Rücken auszutauschen? Und wieso wusste ich nichts davon?“

„Du übersiehst die offensichtliche Frage“, sagte Thor.

„Und die wäre?" Ich warf die Packung mit den Pads in den Müll.

„*Warum* sollte jemand das tun?"

*Gute Frage.* Das Warum würde zum Wer führen. Ich verschränkte die Arme und starrte gedankenverloren auf den Boden. Ich konnte nur vermuten, dass derjenige, der das getan hatte, um meine Gesundheit besorgt war. Er dachte, ich würde zu viel Kaffee trinken. Und da er wusste, dass ich auf den Vorschlag, meinen Koffeinkonsum einzuschränken, nicht so gut reagieren würde …

Ich zog das Telefon aus meiner Handtasche und wählte eine Nummer. „Mom, wie konntest du nur!"

„Audrey? Was meinst du damit? Was ist passiert?"

„Du weißt genau, was passiert ist", schnaubte ich. „Koffeinfrei! Wie konntest du nur?"

Am anderen Ende der Leitung entstand eine kurze Pause.

„Audrey, Liebes, ich weiß wirklich nicht, wovon du redest. Willst du mir sagen, dass du auf koffeinfreien Kaffee umgestiegen bist? Ich meine, das ist doch toll, oder?"

„Du meinst, du warst das nicht?"

„Was du sagst, ergibt keinen Sinn."

„Hast du meine Kaffeepads gegen koffeinfreien Kaffee ausgetauscht oder nicht?"

Ich könnte schwören, dass ich sie kichern hörte.

„Nein, das habe ich nicht."

Mist. Also war Mom es nicht gewesen. Sie hätte schon längst gestanden. Dann musste es ein anderes Familienmitglied gewesen sein. „Ich wette, dass es Dustin war", schimpfte ich. „Er spielt wieder einen seiner Streiche." Oh, dafür würde mein Bruder bezahlen. „Tut mir leid, Mom, ich muss los. Ich habe keinen Kaffee mehr."

„Ich dachte, du hättest gerade gesagt, dass jemand deinen Kaffee gegen koffeinfreien ausgetauscht hat? Wie kann dir dann der Kaffee ausgegangen sein?"

„Hey, ich kann keinen koffeinfreien Kaffee trinken. Wozu sollte das gut sein? Ich muss los und neuen kaufen. So wie es aussieht, muss ich mein Lieblingsgetränk ab sofort unter Verschluss halten."

Nachdem ich das Telefonat mit Mom beendet und ihr versprochen hatte, beim Familienessen dabei zu sein (bei dem ich mich an meinem Bruder rächen würde), humpelte ich zur Haustür und zeigte Ben im Vorbeigehen einen anklagenden Finger. „Glaub bloß nicht, du wärst aus dem Schneider."

„Nein, Ma'am."

Wenigstens besaß er den Anstand, angemessen zerknirscht dreinzuschauen, obwohl ich genau wusste, dass er das nicht war. Und da er keine

Anstalten machte, sich mir anzuschließen, ging ich davon aus, dass er zur Wache zurückkehren würde, um Savannah auf Schritt und Tritt zu folgen, sobald ich aus der Tür war. Und ehrlich gesagt hätte ich – wahrscheinlich – nichts dagegen, wenn er dadurch etwas Nützliches herausfinden würde. Doch ich wusste, dass er sie wie ein liebeskranker Geist verfolgen würde, was irgendwie pervers und ekelhaft war.

# KAPITEL 3

»Garrido Bodega« war von New York City hierher verpflanzt worden, genauso wie sein Besitzer Nick Garrido. Der kleine Lebensmittelladen bot auf engstem Raum eine riesige Auswahl an südamerikanischen Produkten und war stets meine erste Anlaufstelle, wenn ich nur ein paar Dinge brauchte und in Eile war. Ich parkte so nah wie möglich an der Tür und humpelte hinein, wobei mein Knöchel bei jedem Schritt protestierte. Das rasche Anschwellen hatte dazu geführt, dass mein Fuß nicht mehr in die Pumps gepasst hatte, weshalb ich nun zu meinem coolen Hosenanzug Flipflops trug. *Einfach hammergeil, Fitz.*

„Hey, Nick." Ich winkte dem fünfzigjährigen Latino hinter dem Tresen zu. „Und, wie gehts?"

„Audrey, du siehst heute aber schick aus."

„Nicht wahr?", meinte ich grinsend. „Hast du vielleicht auch Bandagen im Angebot?"

Er kam hinter dem Tresen hervor. „Was hast du denn gemacht, *amiga?*"

Wir schauten beide auf meinen verfärbten Fuß. „Du kennst mich doch. Ich stolpere ständig oder stoße mit irgendetwas zusammen."

Er schüttelte den Kopf – wahrscheinlich fragte er sich, wie ein Mensch allein nur so viel Pech haben konnte – und führte mich dann einen Gang entlang, in dem sich Hundefutter stapelte. „Ach, *gringa,* deine Mutter muss sehr verzweifelt sein."

„Da bin ich mir sicher."

Auf halber Strecke zwischen Hundefutter und Damenhygieneartikeln befand sich ein kleines Fach mit Erste-Hilfe-Artikeln. Nick suchte es durch, griff nach einer Packung und warf sie mir zu. Sie prallte von meiner Brust ab und fiel auf den Boden. Wir starrten beide hinunter, bevor wir in Gelächter ausbrachen.

Nachdem ich mich beruhigt hatte, bückte ich mich und hob sie auf. „Danke."

„No problemo. Brauchst du sonst noch was?"

„Nur noch Kaffee, aber wo ich den finde, weiß ich ja."

Nick nahm mir die Packung ab und schlurfte zurück zum Tresen. „Ich gebe sie schon mal in die Kasse ein, bevor du sie wieder fallen lässt."

Ich eilte so schnell, wie es mein lädierter Knöchel zuließ, zum entsprechenden Regal, schnappte mir zwei Schachteln für den Fall, dass der Kaffeeaustauscher wieder zuschlagen würde, und humpelte zur Kasse.

Nick beäugte die beiden Kaffeepackungen. „Ein schwerer Fall?"

„Du wirst es nicht glauben, aber jemand hat meinen Kaffee gegen koffeinfreien ausgetauscht!"

Er erstarrte, die Finger schwebten über der Kasse, die Augen weiteten sich. „Nein!", keuchte er.

Ich nickte traurig. „Oh doch. Ich weiß wirklich nicht, was aus der Welt geworden ist."

Er tippte alles in die Kasse ein, nahm mein Geld und steckte Kaffee und Bandage in eine Tüte. „Wem sagst du das, *chero*, wem sagst du das."

„Ich werde eine Packung verstecken, nur für den Fall, dass dieser ruchlose Kaffeetauscher wieder zuschlägt."

Nick grinste und zwinkerte. „Clever."

„Danke." Ich nahm die Tüte, winkte ihm kurz zu und humpelte zur Tür.

Doch genau in dem Moment, in dem ich

hinausgehen wollte, trat jemand anderes ein, und wir stießen mit einem lauten „Autsch" zusammen.

„Du meine Güte, Audrey! Was hast du denn da an?"

„Amanda, hi", begrüßte ich meine Schwägerin.

Amanda war die umwerfend schöne, unglaublich kluge und wahnsinnig erfolgreiche Frau meines Bruders Dustin. Sie war nicht nur die perfekte Mutter für meine Nichte und meinen Neffen, Madeline und Nathaniel, sondern arbeitete auch Vollzeit als Anwaltsgehilfin bei Beasley, Tate & Associates. Und sie war stets auf der Suche nach einer Lösung für mich. Sie hielt meine Ungeschicklichkeit für eine große Schwäche und dachte, ich hätte eine Schraube in meinen grauen Zellen locker, und wenn ich professionelle Hilfe bekäme (also einen Psychiater aufsuchte), würde meine Ungeschicklichkeit auf magische Weise verschwinden. Das war ein heikles Thema zwischen uns. Es war ja nicht so, dass ich Amanda nicht mögen würde. Das tat ich, aber …

„Schon gut, wahrscheinlich will ich es gar nicht wissen." Ihr Blick wanderte von meinen Flip Flops nach oben und konzentrierte sich auf mein Gesicht. „Eigentlich bin ich froh, dich zu treffen."

„Ach ja?" Ich presste die Einkaufstüte gegen den

Oberkörper und starrte sehnsüchtig zu meinem Honda CR-V. Ich war nicht in der Stimmung, herumzustehen und zu plaudern – nicht mit diesem schmerzenden Knöchel und dem akuten Koffeinmangel.

„Ich habe vielleicht einen Auftrag für dich." Sie kramte in ihrer Handtasche, zog eine Visitenkarte heraus und reichte sie mir.

„Ivelisse Day Spa", las ich laut vor. „Ist das nicht dieser Laden, der gerade erst eröffnet wurde? In einem dieser alten, restaurierten Häuser?"

„Ja. Stephanie Melendez hat das alte Bailey-Haus gekauft und renoviert. Beasley, Tate & Associates haben den Verkauf und die Umwidmung abgewickelt."

„Okay. Und was ist das für ein Auftrag?" *Bitte sag jetzt nicht, dass Zeitungen verschwinden.*

„Vielleicht ist es nichts, aber ich war heute Morgen zufällig im Spa, als es einen kleinen Aufruhr gab."

„Einen kleinen Aufruhr? Was soll das heißen?"

„Nun, offenbar ist Stephanies Tochter Kira nicht zum Lauftraining erschienen."

Ich blinzelte. „Aha. Und wie alt ist Kira?"

„Fünfzehn."

„Okay. Eine Fünfzehnjährige ist nicht zum

Training erschienen? Ich würde sagen, sie hängt entweder mit Freunden oder im Einkaufszentrum herum."

„Das habe ich ihrer Mutter auch gesagt", stimmte Amanda mir zu. „Aber Stephanie wollte das nicht glauben. Sie sagt, Kira sei eine herausragende Athletin und würde sich für nichts anderes als ihren Sport interessieren. Sie spekuliert sogar auf die Olympischen Spiele. Stephanie meint, dass Kira niemals ihr Training verpassen würde. Niemals."

„Und ich nehme an, sie hat das Übliche getan? Also alle Freunde von Kira angerufen?"

Amanda nickte. „Ja. Aber niemand hat sie gesehen. Und jetzt glaubt Stephanie, dass sie verschwunden ist."

„Hat sie die Polizei gerufen?"

„Ja, aber die Beamten schienen nicht besorgt zu sein. Sie meinten, es sei erst ein paar Stunden her und angesichts ihres Alters ..."

„Gehen sie davon aus, dass sie sich irgendwo herumtreibt." Was sie wahrscheinlich auch tat. Ich starrte auf die Karte in meiner Hand. Ich hatte gerade keine aktiven Fälle und da Galloway auf der Wache stark eingebunden war, würde es nicht schaden, Kiras scheinbares Verschwinden zu untersuchen.

„Okay, ich rufe Stephanie an."

Amanda strahlte mich an. „Ausgezeichnet. Ich habe ihr schon gesagt, dass du das tun würdest."

Moment. Amanda hatte ihr gesagt, dass ich den Fall übernehmen würde, bevor sie mit mir gesprochen hatte, was ganz leicht möglich gewesen wäre, indem sie einfach zum Telefonhörer gegriffen hätte? Stattdessen waren wir hier in der Bodega ineinander gelaufen. In einem Laden, von dem ich dachte, dass Amanda dort niemals einkaufen würde.

„Ich möchte dich nicht länger von deinen Einkäufen abhalten." Ich trat zur Seite und gab ihr ein Zeichen, vorbeizugehen. Ihr Blick schweifte von mir zu dem mit erlesenen Dingen bestückten Lebensmittelladen hinter mir. „Der Laden ist toll, nicht wahr?", fuhr ich fort. „Hier bekommt man so ziemlich alles. Wonach suchst du eigentlich?"

Ihre Wangen verfärbten sich verdächtig. „Oh … Ähm … Ja." Ich konnte sehen, wie sie nach einer passenden Lüge suchte. Also wartete ich geduldig und ließ sie nicht vom Haken. „Gewürze!", platzte sie schließlich heraus.

„Wie schön", meinte ich grinsend. „Nick hat eine tolle Auswahl an Gewürzen, nicht wahr, Nick?", rief ich über die Schulter.

„Worum geht es, *gringa*?" Nick sah von der Zeitung auf, die auf dem Tresen lag.

„Nick, das ist meine Schwägerin, Amanda. Sie ist auf der Suche nach ein paar Gewürzen."

„Oh, schöne Frau, Nick hat alle Gewürze, die Sie brauchen", rief er erfreut. „Kommen Sie, kommen Sie, ich zeige sie Ihnen." Mit wedelnden Armen führte er Amanda hinein und ich schlüpfte so schnell hinaus, wie es mein verstauchter Knöchel zuließ. In meinem Auto warf ich die Einkaufstüte auf den Beifahrersitz, ließ den Motor an, verband mein Handy über Bluetooth mit der Freisprechanlage und wählte Stephanies Nummer.

Ich warf noch einen kurzen Blick durch das Fenster auf Nick, der wild gestikulierte, während er Amanda von den Vorzügen seiner Bodega erzählte, und fuhr los. *Geschieht ihr recht, wenn sie meint, mich anlügen zu müssen.* Was mich jedoch verwirrt hatte, war das *Warum?* Warum suchte sie mich ausgerechnet in der Bodega Garrido auf, nur um mir von einem möglichen Fall zu erzählen? Vor allem, wenn ein Telefonanruf genügt hätte?

„Ivelisse Day Spa, Stephanie am Apparat. Was kann ich für Sie tun?"

„Oh, hi. Hier spricht Audrey Fitzgerald von Delaney Investigations", erklärte ich und richtete meine Aufmerksamkeit auf die Straße und den Anruf.

„Vielen Dank für Ihren Anruf. Amanda meinte, dass Sie sich vielleicht melden würden."

Ich runzelte die Stirn. Was hatte Amanda vor? Steckte sie mit meinem Bruder wegen der Sache mit dem entkoffeinierten Kaffee unter einer Decke? Wollte sie mich aus dem Haus locken, mich ablenken, damit er sich hineinschleichen und noch mehr Sachen austauschen konnte? Memo an mich: Nachsehen, ob er meine Milch nicht auf fettarm umgestellt hatte. „Ich habe gehört, dass Ihre Tochter vermisst wird?"

„Ich weiß, es klingt verrückt. Kira sollte um elf Uhr beim Training sein. Als sie dort nicht auftauchte, rief mich der Coach an."

Ich warf einen Blick auf die Uhr auf meinem Armaturenbrett. Viertel nach zwölf. Kaum ein Grund zur Panik.

„Elf Uhr ist eine etwas seltsame Uhrzeit für das Training, oder? Ich dachte, das findet immer nach der Schule statt."

„Dies ist ein besonderes Programm, das nur für die talentiertesten und begabtesten Schüler gedacht ist. Und Kira ist nicht nur das, sondern sie ist auch sehr engagiert. Sie würde auf keinen Fall ihr

Training verpassen."

„Ist sie heute überhaupt in der Schule erschienen?"

Es gab eine Pause. „Wissen Sie, ich habe gar nicht daran gedacht, das zu überprüfen", gab Stephanie schließlich zu.

„Ist schon in Ordnung. Warum rufen Sie nicht einfach in der Schule an? Und wenn Sie nichts dagegen haben, komme ich zu einem persönlichen Gespräch bei Ihnen vorbei. Dann können Sie mir ein Foto von Kira geben und wir können herausfinden, was los ist. Bis ich dort bin, sollten wir wissen, ob sie überhaupt zur Schule gegangen ist."

„Ja. Ja, vielen Dank." Die Erleichterung in ihrer Stimme war unüberhörbar.

Ich beendete das Gespräch und trommelte mit dem Daumen auf das Lenkrad. Angenommen, Kira *wurde* vermisst und schwänzte nicht einfach nur die Schule, würde es einen großen Unterschied machen, wie lange sie schon verschwunden war. Wie weit konnte ein Teenager mit dreieinhalb Stunden Vorsprung kommen?

*D*as Ivelisse Day Spa war wunderschön, ein charmantes historisches Herrenhaus, das früher als Frühstückspension gedient hatte, aber dank der Kundin von Beasley, Tate & Associates, Stephanie Melendez, in eine Tagesschönheitsfarm umgewandelt worden war. Ich ließ meine Einkäufe im Auto und humpelte den roten Backsteinweg zu dem weißen, zweistöckigen Gebäude mit großen Rundbogenfenstern hinauf.

„Sie erledigen wohl noch die letzten Feinheiten, bevor sie offiziell eröffnen", sagte ich zu mir selbst und betrachtete die Gärtner, die damit beschäftigt waren, den Rasen zu harken und in letzter Minute das Beet entlang der vorderen Veranda zu bepflanzen. Auf dem Rasen vor dem Haus wurde gerade ein schickes Schild aufgestellt. Zwei Männer in Latzhosen putzten die riesigen Fensterfronten.

Ich stieß die glänzende Holztür auf und betrat das Foyer. Direkt vor mir befand sich der Empfangstresen, rechts davon ein Erfrischungsbereich und links davon eine gemütliche Sitzecke. Alles war neu und frisch und ach so wunderschön. Eine Frau schaute hinter der Rezeption auf. „Audrey?", fragte sie.

„Zu Ihren Diensten."

„Herzlich willkommen im Ivelisse Day Spa." Das Lächeln wirkte gezwungen. „Ich bin Stephanie Melendez."

„Ich muss das einfach fragen, was bedeutet Ivelisse?"

Stephanies Mund verzog sich schmerzhaft. „Es bedeutet Leben."

Ich nickte. „Ein schöner Ort. Sie haben noch nicht lange auf, oder?"

„Wir haben zwar seit Montag geöffnet, aber die große Eröffnungsparty findet erst nächste Woche statt. Sofern ..."

Sofern ihre Tochter wieder auftauchte.

„Können wir irgendwo reden?"

„Kommen Sie mit in mein Büro."

Ich folgte ihr durch eine Reihe von Flügeltüren. Das Büro war schlicht, aber elegant, ganz wie Stephanie selbst. Sie trug einen blassrosa Kittel. Ihr blondes Haar war zu einem hohen Pferdeschwanz zusammengebunden und ihre blauen Augen wurden von einem Hauch Wimperntusche und etwas bronzefarbenem Lidschatten betont.

Ich nahm den Platz gegenüber dem Schreibtisch ein und wartete, während sie an ihrem Handy herumspielte. „Hier", sagte sie und hielt es mir entgegen, „das ist Kira."

Ich beugte mich vor und betrachtete das Foto des lächelnden Teenagers. Sie hatte die atemberaubenden blauen Augen ihrer Mutter und aufgrund des olivfarbenen Teints, der dunkelbraunen Haare und des Nachnamens Melendez nahm ich an, dass ihr Vater Spanier oder Lateinamerikaner war.

„Sie ist wunderschön."

Stephanie drehte das Display um und sah sich das Foto ihrer Tochter an. „Ja, das ist sie." Einen Moment lang herrschte Schweigen, während Stephanie in Erinnerungen an ihre Tochter und in Angst vor deren scheinbarem Verschwinden versank.

Ich räusperte mich. „Könnten Sie mir das Foto schicken? Meine Nummer müsste ja in Ihrer Anrufliste stehen."

Sie riss sich aus ihrer Benommenheit und wischte über den Bildschirm. „Natürlich."

Sekunden später klingelte mein Telefon und kündigte den Eingang einer Nachricht an. Ich machte mir nicht die Mühe, nachzusehen.

„Was sagt die Schule?", fragte ich.

Stephanies Gesicht verfinsterte sich und sie schüttelte den Kopf. „Kira ist zu keinem ihrer Kurse erschienen."

„Und die Lehrer haben nicht bei Ihnen nachgefragt?"

Sie schüttelte erneut den Kopf. „Nein. Was seltsam ist."

„Wann haben Sie sie das letzte Mal gesehen?"

„Heute Morgen beim Frühstück. Sie geht immer zu Fuß zur Schule, also hat sie das Haus gegen acht Uhr fünfzehn verlassen."

„Und heute Morgen ist nichts Ungewöhnliches passiert? Hat sie wie üblich ihre Schultasche mitgenommen? Trug sie vielleicht etwas Unpassendes oder Auffälliges?"

„Alles war … normal. Sie trug Jeans, ein T-Shirt und einen Schulpullover. Und sie hatte ihren Rucksack dabei."

Es sah so aus, als wäre Kira Melendez an diesem Morgen wie immer zur Schule gegangen, dort aber nicht angekommen.

„Könnten Sie mir eine Liste mit Kiras Freunden und allen Orten erstellen, an denen sie sich gerne aufhält? Oh, und die Kontaktdaten des Coachs, wenn Sie sie haben. Ich weiß, dass Sie bereits mit jedem gesprochen haben, der Ihnen einfällt. Ich werde mich trotzdem noch einmal umhören und nachfragen, ob sich jemand an etwas erinnert."

„Die Polizei schien nicht sehr besorgt zu sein. Sie

sagten, dass sie erst wenige Stunden vermisst wird und dass höchstwahrscheinlich alles in Ordnung ist. Dass sie wieder auftauchen wird."

Ich griff über den Schreibtisch und tätschelte beruhigend ihre Hand. „Ich weiß. Aber wir dürfen nicht vergessen, dass die Polizei häufiger wegen vermisster Jugendlicher kontaktiert wird, als ihr lieb sein dürfte. Und in neun von zehn Fällen sind die vermissten Jugendlichen nicht wirklich verschwunden. Sie schwänzen entweder die Schule oder sagen ihren Eltern nichts und … na ja, sind einfach nur Teenager. Aber wenn Kira ein Kleinkind wäre, würden sie sofort alle Register ziehen, darauf können Sie wetten."

„Ja, vermutlich haben Sie recht."

Ich erhob mich von meinem Platz. „Versuchen Sie, sich nicht allzu große Sorgen zu machen. Wir werden Ihre Tochter schon finden."

„Was passiert jetzt?"

„Ich werde ein paar Anrufe tätigen, den Coach aufsuchen, in der Schule vorbeischauen und so weiter. Wenn sie bis heute Abend nicht wieder aufgetaucht ist, komme ich zu Ihnen nach Hause und spreche mit Ihnen und Ihrem Mann." Ich hielt einen Moment inne. „Zu Hause ist nichts Besonderes passiert?"

„Zwischen Bill und mir? Nein, bei uns ist alles in Ordnung Das Einzige, was sich geändert hat, ist, dass ich dieses Unternehmen gegründet habe. Das Ganze nimmt natürlich sehr viel Zeit in Anspruch. Und Bills Leute kümmern sich um die Landschaftsgestaltung, also haben wir beide viel Zeit hier verbracht, aber ich dachte nicht, dass das ein Problem wäre. Kira kommt immer nach der Schule vorbei und macht hier ihre Hausaufgaben."

„Bill arbeitet für Sie?"

Sie lachte. „Nein. Er hat sein eigenes Landschaftsbauunternehmen, Greenscape Gardens."

„Ach so. Gut, ich melde mich wieder bei Ihnen, okay?"

Ich ließ Stephanie in ihrem Büro zurück und humpelte zum Auto. Ich war nicht übermäßig besorgt, dass Kira etwas Schreckliches zugestoßen war. Wenn sie – Gott bewahre – tot wäre, hätte ich sicher schon ihren Geist gesehen, denn das passierte immer, wenn es in einem meiner Fälle ein Todesopfer gab. In diesem Fall tauchte immer dessen Geist auf, um mir entweder zu helfen oder mich daran zu hindern, seinen Mörder zu finden. Sobald der Fall abgeschlossen war, konnten sie ins Jenseits gehen. Das war Segen und Fluch zugleich.

Weit und breit war jedoch nichts von Kiras Geist

zu sehen. Und dafür war ich sehr dankbar. Da ihre Mutter jedoch felsenfest davon überzeugt war, dass Kira nicht einfach das Training geschwänzt hatte, war etwas im Gange, und das war genug, um mein Interesse zu wecken, den Fall zu übernehmen.

# KAPITEL 4

$\mathcal{N}$achdem ich meinen Knöchel verbunden, eine Jogginghose und ein T-Shirt angezogen und die zweite Schachtel Kaffeepads in meinem Wäscheschrank versteckt hatte (denn dort würde mein Bruder sich bestimmt nicht trauen, nachzusehen), legte ich mich auf das Bett, um mich kurz auszuruhen. Okay, um ein Nickerchen zu machen. Ich gebe zu, ich war erschöpft. Die Nervosität am Morgen, gepaart mit dem Schlafmangel und dem koffeinfreien Kaffee, zehrte an mir und Kira hatte meine volle Tatkraft verdient. Ich würde einfach für eine halbe Stunde die Augen schließen und dann tun, was ich ihrer Mutter versprochen hatte, nämlich ihre Tochter zu finden.

„Mom! Mom! Mom!"

Die Schreie, die von unten kamen, rissen mich mit einem gewissen Maß an Besorgnis, aber auch Verwirrung, aus dem Tiefschlaf. Erstens war ich niemandes Elternteil, also war mir nicht klar, warum jemand durch mein Haus rannte und nach seiner Mutter schrie. Und zweitens: Wer wagte es, mich aufzuwecken? Ich *brauchte* dieses Nickerchen! Wer auch immer es war, hatte hoffentlich einen Kaffee mitgebracht. Einen starken Kaffee.

Mit trüben Augen warf ich die Beine über die Bettkante, stand auf, kratzte mich am Hintern und zupfte den Slip zurecht. Mit einem unzufriedenen Seufzer machte ich mich auf den Weg nach unten, wobei ich unterwegs die Jogginghose zurechtzog.

„Was in Gottes Namen ist hier los?" Ich stand da und begutachtete meinen Wohnbereich im Erdgeschoss, der nun einem Kriegsgebiet glich. Okay, das war eine leichte Übertreibung, aber trotzdem war ich mit dem Zustand meines Hauses äußerst unzufrieden. Die Sofakissen lagen auf dem Boden herum und der Becher, den ich auf dem Couchtisch abgestellt hatte, lag – in Scherben – daneben. Die Türen der Küchenschränke standen offen, der Mülleimer war umgekippt und sein Inhalt gründlich durchwühlt.

Ein grauer Streifen rannte an mir vorbei und kreischte „Moooom!", gefolgt von einem schwarz-weißen Streifen, der ein schnatterndes Geräusch von sich gab, das verdächtig nach „Lass uns Freunde sein, lass uns Freunde sein" klang.

„Thor?"

„Rette miiiiich!"

Thor sauste wieder an mir vorbei, wobei ihm ein Waschbär dicht auf den Fersen war. Ich verdrehte die Augen und streckte die Arme aus. „Dann komm her."

Thor machte eine Kehrtwende, rannte zurück und sprang mir in die Arme. Der Waschbär tat es mir gleich, nur dass meine Arme bereits voll waren, also klammerte er sich stattdessen an meinen Oberschenkel.

„Aua! Runter!" Ich schüttelte das Bein und versuchte, das Tier zu vertreiben, aber es hielt sich fest.

„Siehst du", keuchte Thor, während er sich zitternd an meine Schulter klammerte. „Er lässt mich einfach nicht in Ruhe."

„Ich bin eine Sie", antwortete der Waschbär und schaute Thor mit bewundernden Augen an. „Und ich möchte deine Freundin sein."

„Siehst du, Thor?", meinte ich grinsend. „Sie will nur deine Freundin sein."

Thor warf mir einen Blick zu, der andeutete, dass er das keine Sekunde lang glaubte. In diesem Moment tauchte Ben auf, warf einen Blick auf mich mit einer Katze an der Brust und einem Waschbären am Bein und brach in schallendes Gelächter aus. Er konnte sich kaum beruhigen und stützte sich mit den Händen auf den Knien ab, während ich ihn wütend anstarrte und wartete, bis er seine Gefühle wieder unter Kontrolle hatte.

„War das wirklich nötig?", wollte ich wissen.

„Wenn du dich nur sehen könntest!" Er musste erneut lachen.

„Ja, ja, du magst lachen, aber sieh dir an, was sie mit deinem Haus gemacht haben." Das war ein Schlag unter die Gürtellinie, denn als Ben noch gelebt hatte, war er ein sehr stolzer Hausbesitzer gewesen, um nicht zu sagen, ein Ordnungsfanatiker. Sein Haus in Unordnung zu sehen, war eine Qual, aber hey, er hatte angefangen …

Plötzlich wurde Ben sehr ernst und besah sich den Schaden, den die beiden Tiere angerichtet hatten. „Nicht so schlimm, würde ich sagen", murmelte er schließlich.

„Kann ich dich jetzt absetzen?", fragte ich Thor. „Ich brauche dringend einen Kaffee und wenn du nicht den ganzen Nachmittag damit verbringen willst, dir Kaffee aus dem Fell zu lecken …"

„Ja, einmal war mehr als genug, danke!", meinte Thor schnaubend, als er sich daran erinnerte, wie er einmal darauf bestanden hatte, dass ich ihn in den Arm nahm, während ich mein dringend benötigtes Morgengetränk zubereitete. Unnötig zu sagen, dass er am Ende alles im Fell hatte.

„Ich mag Kaffee", sagte der Waschbär. Ich schaute zu der Waschbärendame hinunter, die an meinem Oberschenkel hing, während meine Jogginghose langsam Richtung Süden kroch.

„Ist das so? Ich bin mir nicht sicher, ob Koffein gut für dich ist."

„Was ist Koffein?" Sie schaute mich mit ihrem maskierten Gesicht neugierig an.

Ich seufzte. „Egal. Hör mal, ich werde Thor jetzt auf den Boden setzen. Könntest du mir einen Gefallen tun und A, ihn nicht verfolgen, und B, mein Bein loslassen?"

Die Waschbärin wandte ihre Aufmerksamkeit Thor zu, der ihren Blick mit Verachtung erwiderte.

„Willst du mein Freund sein?", fragte sie ihn.

„Nein", antwortete er prompt.

„Thor! Das ist nicht nett", schimpfte ich.

„Warum nicht? Es ist die Wahrheit."

„Ich brauche einen Kaffee." Ich ließ Thor auf den Boden fallen und beäugte dann die Waschbärin, die ihren Griff um meinen Oberschenkel nur widerwillig löste. Ich zog die Hose wieder hoch, bevor Ben einen Blick auf meine Unterwäsche werfen konnte. „Hast du einen Namen?," fragte ich sie.

„Bandit."

Thor lachte schallend. „Wie originell."

„Thor", warnte ich den grauen Fellknäuel. Und dann dämmerte es mir. Ich redete mit einem Waschbären. Ich schaute zu Ben, der immer noch die Verwüstung begutachtete, die die beiden Tiere im Haus angerichtet hatten. „Ben", zischte ich.

Er sah mich an. „Was?"

„Ich rede mit einem Waschbären."

„Ja? Und?"

„Ich. Rede. Mit. Einem. *Waschbären*." Ich stapfte um den Küchentresen herum, wobei mich der Schmerz daran erinnerte, dass mein Knöchel nicht auf wundersame Weise geheilt war, seit ich ihn bandagiert hatte, und ging in die Küche, drückte mit mehr Kraft als nötig auf den Knopf der

Kaffeemaschine und nahm eine Tasse aus dem Hängeschrank. „Wieso kann ich mit einem Waschbären reden? Seit wann kann ich mit anderen Tieren als Thor sprechen? Oh mein Gott, ich verwandle mich doch nicht in Doktor Dolittle, oder? Dafür bin ich noch nicht bereit."

„Fitz, Fitz." Ben kam auf mich zu und legte mir tröstend den Arm um die Schultern, doch der eisige Hauch seiner Berührung war alles andere als tröstlich. „Entspann dich. Vielleicht ist das ja ein Phänomen, das mit dem Haus zusammenhängt."

Sein Vorschlag gefiel mir. Das war das Einzige, was Sinn ergab. Ich rieb mir die Stirn, um die Kopfschmerzen zu vertreiben, die hinter den Augen zu nagen begannen, wartete auf meinen Kaffee und betrachtete die beiden Kreaturen, die nun auf dem Boden meines Esszimmers saßen. Bandit und Thor.

„Warum geht ihr zwei nicht nach draußen?", schlug ich vor, da ich mich mit all dem nicht befassen wollte, bevor ich nicht angemessen mit Koffein versorgt war. Zum Glück würde mir mein Vorrat an vollwertigen Kaffeepads bei diesem Unterfangen helfen.

„Ich war schon draußen", schniefte Thor. „Dort fing diese Terroristin ja an, mich zu verfolgen."

„Was ist eine Terroristin?", fragte Bandit.

„Das, was du bist", schnauzte Thor sie an. „Ich brauche keinen neuen Freund. Ich habe Ben. Ich habe Audrey. Ich brauche dich nicht."

Ich zuckte bei Thors harschen Worten zusammen, doch Bandit wirkte gänzlich unbeeindruckt. Sie fletschte die Zähne, was ich als ein Lächeln interpretierte, und meinte: „Das ist schon okay. Du bist *mein* Freund."

„Du weißt offensichtlich nicht, wie das funktioniert", brummte Thor. „Du hast nicht zu entscheiden, ob ich dein Freund bin."

„Doch, das habe ich."

„Leute! Bitte. Klärt das draußen, okay?" Ich könnte es nicht ertragen, den beiden noch eine Sekunde länger beim Zanken zuzuhören.

„Okay!", schnaubte Thor, stieß mit dem Kopf gegen die Katzenklappe und zwängte sich durch die Öffnung.

Ich runzelte die Stirn. Er wurde allmählich wirklich rund. Mein Blick fiel auf seinen Napf mit dem nicht enden wollenden Vorrat an Trockenfutter. Vielleicht sollte ich aufhören, seinen Behauptungen nach einem drohenden Hungertod Glauben zu schenken. Es war nicht das erste Mal, dass mir dieser Gedanke kam, um ehrlich zu sein, schob ich die Sache vor mir her. Ich hatte einfach keine Lust, Thor auf Diät zu setzen. Können Sie sich *das Gejammer* vorstellen?

Bandit folgte ihm dicht auf den Fersen. Ich sah zu, wie Thor mit dem Schwanz zuckte und Bandit seitlich im Gesicht traf. Bandit zuckte nicht einmal mit der Wimper. Offensichtlich war die Waschbärin sehr in meinen Kater verliebt. Ich musste schon bei der bloßen Vorstellung kichern.

„Warum bist du überhaupt hier?", fragte ich Ben. Ich war davon ausgegangen, dass er auf der Wache bleiben und Savannah auf Schritt und Tritt verfolgen würde.

„Sie hat sich auf dem Revier abgemeldet und es fühlte sich nicht richtig an, ihr in ihr Hotelzimmer zu folgen."

„Sie hat sich abgemeldet?" Wow, sie arbeitete nicht einmal Vollzeit. Offensichtlich war der Job eines Ermittlers für interne Angelegenheiten ein ziemlich bequemer ... vorausgesetzt, es machte einem nichts aus, in jedem Revier, in dem man auftauchte, von allen gehasst zu werden.

„Es ist nach siebzehn Uhr, Fitz."

Ich verdrehte die Augen. „Netter Versuch." Allerdings warf ich einen Blick auf die Uhr an der

Wand, die auf sieben Uhr dreißig stand. Ich hätte in Nicks Bodega Batterien kaufen sollen.

„Schau auf dein Handy", sagte Ben.

Mit einem mulmigen Gefühl holte ich das Telefon aus meiner Handtasche, rief das Display auf und ließ die in leuchtenden Zahlen angezeigte Uhrzeit auf mich wirken. *Siebzehn Uhr dreißig.* Und in dem Moment fiel mir etwas siedendheiß ein. Kiras Fall! Ich hatte arbeiten sollen, war aber stattdessen eingeschlafen. Mein Kaffeebecher glitt mir durch die Finger und fiel auf den Boden, wo er in Millionen Stücke zerbrach und Spritzer meines geliebten Gebräus die untere Hälfte meiner Jogginghose durchtränkten.

„Alles okay?", fragte Ben und kniete sich neben mich, um die Scherben des zerbrochenen Geschirrs einzusammeln. Nur, dass er sie natürlich nicht aufheben konnte. Er war körperlos. Aber es wäre praktisch, wenn er es nicht wäre. Es wäre wirklich sehr praktisch, wenn er tatsächlich putzen könnte. Gedankenverloren fuhr ich mir mit der Hand durch die Haare und starrte auf das Durcheinander, das ich zusätzlich zu dem von Thor und Bandit angerichtet hatte. Mein Haus war verwüstet, ich verlor ständig das Zeitgefühl und wo zum Teufel war Galloway?

Es war Freitag. Und an Freitagabenden war man

verabredet. Ich hätte schon längst von ihm hören müssen, aber es gab keine verpassten Anrufe oder Nachrichten auf meinem Telefon. Normalerweise meldete er sich irgendwann im Laufe des Nachmittags und schmiedete Pläne für den kommenden Abend.

„Heute ist offenbar der Vergiss-die-Zeit-Tag", meinte ich abwesend und schickte Galloway eine Nachricht. *„Pizza bei mir? Welchen Belag hättest du gern? Ich nehme Ananas",* schrieb ich. Und zu Ben sagte ich: „Ich habe zu arbeiten."

„Aber natürlich. Schließlich herrscht hier das reinste Chaos."

„Nein. Nicht diese Art von Arbeit. Ich habe einen Fall. Kira Melendez wird vermisst und ich sollte ihr Verschwinden heute Nachmittag untersuchen."

„Aber du bist eingeschlafen."

„Daran ist derjenige schuld, der meinen Kaffee gegen koffeinfreien ausgetauscht hat", brummte ich. „Du weißt nicht zufällig etwas darüber, oder?"

„Fitz, du weißt doch, dass ich nichts anfassen kann."

„Nein, aber du kannst Dinge sehen und hören. Wer war in meinem Haus und hat meinen Kaffee geklaut?"

„Echt jetzt? Ich habe gar nichts gesehen. Er oder

sie muss das gemacht haben, als wir beide unterwegs waren."

„Egal. Ich werde den Übeltäter schon noch enttarnen. Im Moment muss ich jedoch Erkundigungen über Kira einholen – und herausfinden, ob sie wieder aufgetaucht ist." Schuldgefühle überkamen mich, weil ich nichts von dem getan hatte, was ich Stephanie Melendez versprochen hatte. Falls Kira wirklich verschwunden war, hatte ich wertvolle Zeit verloren.

„Wie kann ich helfen?", fragte Ben.

„Kannst du zum Haus der Melendez gehen und nachsehen, ob sie zu Hause ist? Und falls sie noch nicht aufgetaucht ist, kannst du dich in ihrem Zimmer umsehen, ob dir etwas ungewöhnlich vorkommt? Du weißt ja, wie es läuft."

„Alles klar. Wie lautet die Adresse?"

„Ausgezeichnete Frage." Ich hatte noch nicht einmal eine Datei für diesen Fall angelegt. Ich humpelte ins Büro, schaltete den Computer ein und legte eine neue Datei an. Eine schnelle Internetsuche ergab die Adresse und nachdem er sie über meine Schulter hinweg gelesen hatte, verschwand Ben. Ich recherchierte Kiras Onlineverhalten, während ich gleichzeitig ihren Namen durch meine bevorzugten

Datenbanken laufen ließ. Nicht, dass ich davon ausging, dass Kira vorbestraft war, aber vielleicht gab es eine Verbindung zum Namen Melendez, die helfen könnte.

Als Ben zurückkam, hatte ich einen Lebenslauf über Kira, ihre beste Freundin Evangeline Blake – alle nannten sie Eva – und ihren Freund Rowan Boyle erstellt. Wenn jemand etwas über Kiras Bewegungen und ihren derzeitigen Geisteszustand wusste, dann waren es diese beiden.

„Sie ist nicht zu Hause", sagte Ben. „Ihre Mutter und ihr Vater sind völlig außer sich."

„Ich habe versprochen, sie nach der Arbeit aufzusuchen, und werde gleich zu ihnen fahren. Hast du irgendetwas in ihrem Zimmer entdeckt?"

„Leider nein."

„Okay. Während ich mit den Melendez' spreche, könntest du mir einen Gefallen tun und die beiden hier aufsuchen." Ich zeigte ihm die Namen von Eva und Rowan. „Beste Freundin. Freund. Sieh nach, ob Kira bei einem von ihnen ist."

„Wird gemacht."

Ich schickte Galloway eine weitere Nachricht. *„Pizza in der Warteschleife. Ich habe einen Fall und ruf dich an, wenn ich zu Hause bin."*

Ich zog mir eine saubere Jeans an und warf mir

eine Jacke über das T-Shirt. Wegen meines geschwollenen Knöchels konnte ich heute nur Flipflops tragen. Ich müsste also der Kälte der Nacht trotzen und konnte nur hoffen, dass meine Zehen nicht erfroren.

Stephanie und Bill Melendez begrüßten mich schon an der Autotür. Sie hatten einen Wagen vorfahren hören und waren nach draußen geeilt, in der Hoffnung, es wäre Kira. Ich nahm die Enttäuschung in ihren Gesichtern nicht persönlich.

„Sollen wir vielleicht reingehen?", schlug ich vor. Die Sonne versank gerade am Horizont und nahm nicht nur das Licht, sondern auch die Wärme mit. Ich fröstelte und gab den Sandalen und meinem blöden Knöchel die Schuld daran.

„Die Polizei wird nichts unternehmen", sagte Stephanie mit angespannter Stimme. Eine Träne hing an ihren Wimpern. „Sie sagten, ich solle sie anrufen, wenn sie bis morgen früh nicht aufgetaucht ist."

„Und Sie haben nichts von Kira gehört? Keine Textnachricht? Keine Sprachnachricht?"

„Seitdem der Coach Steph angerufen hat, schreiben wir ständig Nachrichten und wählen ihre Nummer", antwortete Bill Melendez. „Aber sie meldet sich nicht."

„Vielleicht ist ihr Akku leer", sagte ich. Oder sie wollte nicht mit ihren Eltern sprechen, aber diesen Gedanken behielt ich für mich. Ich besah mir Bill genauer. Obwohl Kira offensichtlich spanisches oder lateinamerikanisches Blut hatte, klang der Name Bill typisch amerikanisch. Doch Bill war eindeutig mexikanischer Abstammung, von der olivfarbenen Haut über das dunkle Haar bis hin zu den ebenso dunklen Augen.

„Ich muss das einfach fragen", sagte ich. „Wieso heißen Sie Bill?"

Er lachte kurz. „Das ist ein Spitzname, den ich schon als Kind bekommen habe. Mein richtiger Name ist Raleigh Melendez."

„Können wir uns bitte auf die Suche nach Kira konzentrieren?", schaltete sich Stephanie ein, wobei sie nervös die Hände knetete.

„Natürlich. Können Sie mir Kiras Zimmer zeigen?"

„Hier entlang."

Ich folgte Stephanie die Treppe hinauf und hatte ein unordentliches Teenagerzimmer erwartet, doch Kiras Zimmer war aufgeräumt, wobei das Bett nicht gemacht, sondern nur die Decke darüber geworfen worden war. Ich sah mich um, zog dann ein Paar Latexhandschuhe aus meiner Gesäßtasche und streifte sie über. Stephanies Augen weiteten sich vor Entsetzen.

„Eine reine Vorsichtsmaßnahme", erklärte ich ihr. „Falls Kira entführt wurde, möchte ich keine Spuren verwischen."

Bill räusperte sich, um den Kloß im Hals loszuwerden. „Das ergibt Sinn." Er war im Türrahmen stehen geblieben. Stephanie ging zu ihm hinüber und sank in seine Arme, während ich Kiras Zimmer durchsuchte.

„Sind Sie sicher, dass Kira nicht freiwillig gegangen ist?" Ich überprüfte das Fenster auf Anzeichen für ein gewaltsames Eindringen. Nichts. Dann überflog ich die Bücher und Unterlagen auf dem Nachttisch. Nichts Ungewöhnliches. Dasselbe galt für den Schreibtisch. Ich öffnete die Schranktür und besah mir die Kleidungsstücke. Erst als mein Blick auf den Stapel von Lehrbüchern auf dem Boden des Schranks fiel, setzten mein Herz einen Schlag aus und meine Spidey-Sinne ein.

Ich ging in die Hocke und besah mir die Bücher: Biologie, Mathe, Englisch, Geschichte, Geografie.

„Was ist denn? Was haben Sie gefunden?" Stephanie eilte durch den Raum und drängte sich hinter mich.

„Das scheinen all ihre Schulbücher zu sein." Ich

drehte mich zur Seite, verlor das Gleichgewicht und griff hastig nach der Schranktür, um nicht auf dem Hintern zu landen.

„Ja. Und?"

„Sie haben gesagt, dass Kira heute Morgen ihren Rucksack dabei hatte. Ich nahm an, dass ihre Schulbücher für den Tag darin waren. Aber warum sind sie dann alle hier?"

„Was?" Bill trat nun ebenfalls zu uns, um die Bücher zu prüfen. „Sie haben recht. Sie sind alle da. Einschließlich des Buches, in das sie ihre Trainingsergebnisse einträgt." Er beugte sich hinunter, nahm ein mit Eselsohren versehenes Notizbuch in die Hand und blätterte darin. „Sie ist am besten auf hundert Metern, aber auch auf zweihundert und vierhundert Metern ist sie richtig gut."

„Ich nehme an, wenn sie vorgehabt hätte, heute zum Training zu gehen, hätte sie das mitgenommen?" Ich nickte mit dem Kopf in Richtung des Hefts in seiner Hand.

„Natürlich. Steph, sind ihre Trainingssachen auch da?"

Ich trat zur Seite, während Stephanie Kiras Kleiderschrank durchsuchte. In einer Plastiktüte ganz hinten steckten Kiras Laufhose, Sportshirt und Laufschuhe.

Stephanie hielt sie mit einem verblüfften Gesichtsausdruck in der Hand hoch. „Ich kann nicht … ich habe nur …", stammelte sie. Sie stand offensichtlich unter Schock und war voller Unglauben, dass ihre Tochter nicht zufällig verschwunden war. Zumindest sah es auf den ersten Blick so aus.

„Sie würde ihr Training niemals schwänzen", protestierte Bill.

Ich hob eine Augenbraue. Genau das hatte sie eindeutig getan. Bill fing meinen Blick auf und sackte in sich zusammen. Seine Schultern kippten nach vorne, das Kinn sank auf die Brust. In diesem Moment erkannte ich, dass er weinte.

„Oh. Ähm." Ich tätschelte unbeholfen seinen Arm, weil ich nicht wusste, wie ich den Mann trösten sollte.

Zum Glück kam Stephanie mir zu Hilfe. „Oh, Schatz." Sie ließ die Plastiktüte fallen und schlang die Arme um ihren Mann.

Ich schob mich langsam zurück zu Kiras Schreibtisch, zog den Stuhl heraus und setzte mich hin, um meinen Knöchel zu entlasten. Auf dem Schreibtisch gab es nichts Auffälliges und es sah wirklich so aus, als wäre Kira weggelaufen und nicht entführt worden. Trotzdem musste irgendwo ein Hinweis darauf zu finden sein, wohin sie gegangen war.

Ich zog die oberste der beiden Schreibtischschubladen auf und starrte auf einen Haufen Blätter, der aussah, als wäre sie einfach mit dem Arm über den Schreibtisch gefahren und hätte alles in die Schublade geschoben. Ich zog die Seiten heraus und ging sie durch: ein Flyer des Ivelisse Day Spa, der aussah, als wäre er erst zusammengeknüllt und dann wieder geglättet worden, ein Trainingsplan, ein Stapel Speisekarten für Essen zum Mitnehmen. Seltsam, dass ein Teenager, der von der Leichtathletik besessen war und die Olympischen Spiele vor Augen hatte, auf Fast Food stand. Ich war davon ausgegangen, dass sie eine strenge Diät einhalten musste. Ich war mir nicht sicher, was das zu bedeuten hatte, falls es überhaupt wichtig war.

Abgesehen von den Speisekarten fiel mir nichts Ungewöhnliches auf. Ich wollte alles wieder zurücklegen, als mein Blick auf eine Postkarte in der Schublade fiel, die ich übersehen hatte. Ich hielt sie hoch. Die Vorderseite zeigte ein wunderschönes Haus, das dem Haus, das Stephanie für ihr Day Spa renoviert hatte, gar nicht so unähnlich war. Ich drehte die Karte um und kniff die Augen zusammen, um die Schrift auf der Rückseite entziffern zu können. Divine Delights Spa & Resort. Die Adresse befand sich in der nächstgelegenen Stadt.

„Hat Kira für Sie die Konkurrenz ausgekundschaftet?", fragte ich und wedelte mit der Postkarte.

„Was?" Stephanie schniefte kurz und wischte sich mit den Fingern über die Augen, bevor sie mir die Postkarte aus der Hand riss. „Oh, das ist der Laden von Holly Wilson."

„Eine Freundin von Ihnen?"

„Ich denke, man könnte es freundschaftliche Rivalität nennen", erklärte Stephanie. „Ich habe sämtliche Spas und Schönheitszentren in der Umgebung besucht, als ich die Renovierung von Ivelisse plante."

„Irgendeine Idee, warum Kira die Karte aufbewahrt hat? Es gibt keine weiteren Broschüren oder Flyer von anderen Häusern."

Stephanie zuckte mit den Schultern. „Wahrscheinlich ist sie zufällig zwischen die Speisekarten gerutscht. Von denen ist Kira irgendwie ein bisschen besessen. Sie hält eine strenge Diät ein – aus Trainingsgründen –, sammelt aber gerne die Speisekarten und ... träumt davon, vermute ich."

Ich konnte mir nicht vorstellen, dass ich mit fünfzehn schon so diszipliniert gewesen wäre, kein Junkfood zu essen. Verdammt, ich war noch nicht einmal jetzt so diszipliniert! Doch das erklärte die Sammlung von Speisekarten. Für Kira wäre es sicherlich ein Leichtes gewesen, die Postkarte versehentlich einzustecken, als sie nach den Speisekarten gegriffen hatte, die höchstwahrscheinlich im Briefkasten gelegen hatten.

Ich legte die Postkarte zurück und öffnete die zweite Schublade. Hier bot sich mir ein ähnlicher Anblick. Ein Stapel alter Klassenarbeiten und Zeitschriften. Doch dann zog ich aus den Tiefen der Schublade ein Tagebuch hervor. *Bingo.* Ich blätterte es kurz durch, bevor ich es klammheimlich in meine Handtasche schob. Ich würde es mir zu Hause genauer ansehen.

Ich stand auf und schaute zu den Melendez', die sich in ihrer Trauer und in ihrem Schmerz aneinander festklammerten. Mir tat dieser Anblick zwar im Herzen weh, aber ich ging davon aus, dass wir es hier mit einer Ausreißerin zu tun hatten, was meiner Meinung nach besser als eine Entführung war. Dadurch wurde eine unmittelbare Gefahr eliminiert.

„Gibt es einen Ort, an den Kira Ihrer Meinung nach gehen würde?"

Stephanie schniefte wieder und wischte sich die Tränen weg. „Abgesehen vom Trainingsplatz? Ich habe bereits ihre beste Freundin, Eva, angerufen. Und Rowan. Sie sagen, sie haben sie nicht gesehen."

„Ein Mitarbeiter überprüft sie gerade." Falls Kira nicht wollte, dass ihre Eltern erfuhren, wo sie war, hätte sie ihre Freunde zur Verschwiegenheit verpflichtet. Aber Ben war meine Geheimwaffe. Er würde später mit Sicherheit wissen, ob sich Kira bei Eva oder Rowan versteckte.

Ich richtete den Schulterriemen meiner Handtasche und humpelte zur Tür. „Versuchen Sie, sich nicht allzu große Sorgen zu machen. Ich werde sie finden. Sagen Sie mir Bescheid, falls Sie von ihr hören, okay?"

Mit einem verstauchten Knöchel die Treppe hinunterzugehen, war kein Vergnügen, und ich war versucht, auf dem Geländer hinunter zu rutschen, aber wie ich mein Glück kannte, würde ich über die Kante stürzen und mich noch mehr verletzen. Ich konnte die gedämpften Stimmen von Stephanie und Bill Melendez hören, als sie über ihre verschwundene Tochter sprachen. Nachdem ich die Tür hinter mir geschlossen hatte, stand ich einen Moment in der Dämmerung auf ihrer Veranda und fragte mich ... was so schlimm war, dass Kira weggelaufen war?

# KAPITEL 5

„Wir wissen nur, dass sie heute nicht in der Schule war", erklärte ich Ben, als ich zur Tür hereinkam. Im Haus herrschte immer noch das reinste Chaos, aber das würde warten müssen. Ein vermisster Teenager war immer noch ein vermisster Teenager, und selbst wenn Kira weggelaufen *war*, bedeutete das nicht, dass keine schlimmen Dinge passieren konnten. Ich kochte mir noch einen Kaffee – hoffentlich würde ich diesen auch trinken können – und ging in mein Büro. Von Thor und Bandit war nichts zu sehen und ich war mir nicht sicher, ob das gut oder schlecht war.

„Sie war weder bei Evangeline noch bei Rowan", meinte Ben. „Aber ich habe etwas Interessantes herausgefunden."

„Ach ja?“

„Die beiden spielten Ringelpiez mit Anfassen.“

Ich wirbelte in meinem Stuhl herum, um Ben anzusehen. „Echt jetzt? Eva und Rowan haben was miteinander?“

„Du hast es erfasst.“ Er nickte zustimmend. „Aber ich habe beide Häuser durchsucht. Kira versteckt sich definitiv bei keinem von ihnen.“

„Wohin würde sie gehen?“ Es war eine rhetorische Frage. Hatte Kira herausgefunden, dass ihr Freund sie mit ihrer besten Freundin betrog? Ein solcher Verrat war ein schwerer Schlag. Verheerend. „Oh! Ich habe doch Kiras Tagebuch.“ Ich eilte ins Wohnzimmer, wo ich meine Handtasche abgestellt hatte, und holte das Tagebuch heraus.

„Machen Kinder das immer noch?“

„Viele Menschen führen Tagebuch. Das hat eine kathartische Wirkung.“

„Machst du das auch?“

Ich schüttelte den Kopf. „Nein, aber Laura schon.“

Als wir Kinder gewesen waren, hatte meine Schwester immer spät abends unter der Bettdecke in ihr Tagebuch gekritzelt. Und obwohl sie sich heute nicht mehr unter der Bettdecke verstecken musste, wusste ich, dass sie immer noch Tagebuch führte, weil sie es mir erzählt hatte. Sie meinte, es helfe ihr, einen klaren Kopf zu behalten, indem sie die Dinge aufschrieb, die sie störten oder belasteten. Das würde ihnen etwas von ihrer Macht nehmen.

„Hatte Kira einen Laptop oder Computer in ihrem Zimmer?"

Ich hielt einen Moment inne. „Ich habe keinen gesehen." Was merkwürdig war. Ich würde ihre Eltern später danach fragen. Ich lehnte mich in meinem Stuhl zurück und begann, Kiras Tagebuch zu lesen. Eine Sache war offensichtlich. Sie hatte sich wirklich ihrem Sport verschrieben. Sie schimpfte mit sich selbst, wenn es mal nicht so gut lief oder sie sich nicht richtig ernährte, und ermahnte sich, es besser zu machen.

„Oh. Hier ist etwas." Ich schaute Ben an, der neben mir auf dem Schreibtisch saß, und las dann laut vor: „Ich werde es ihm heute sagen. Er wird sowieso bald aufs College gehen. Es ist einfacher, jetzt Schluss zu machen, als eine Fernbeziehung unnötig in die Länge zu ziehen, die zum Scheitern verurteilt ist. Ich habe ein schlechtes Gewissen, weil ich mich freue, dass ich dann mehr Zeit für das Training habe. Der Coach hatte mich ja gewarnt, dass es keine gute Idee sei, einen Freund zu haben, aber ich werde ihm ganz bestimmt nicht sagen, dass er recht hatte."

„Warte. Kira hat also mit Rowan Schluss gemacht?", fragte Ben.

„Sieht so aus."

„Wie alt ist dieser Eintrag?"

„Ein paar Tage." Aber Kiras Eltern wussten nichts von der Trennung, sonst hätten sie es mir gesagt. „Die Frage ist also, ob sie es wirklich durchgezogen hat. Hat sie mit Rowan Schluss gemacht?"

„Du wirst mit ihm reden müssen", meinte Ben.

„Das werde ich. Sobald ich meinen Kaffee getrunken habe." Ich lehnte mich in meinem Stuhl zurück, legte den Fuß auf dem Schreibtisch ab und hielt in einer Hand den Becher, in der anderen das Tagebuch.

„Das sollte sich mal ein Arzt ansehen." Ben nickte in Richtung meines Knöchels.

„Nein. Ist nur eine Verstauchung." Ich war kein Fan von Ärzten und Krankenhäusern. Da ich im Laufe der Jahre zu viele von ihnen wegen zu vieler verschiedener Verletzungen aufgesucht hatte, würde ich heute alles tun, um einen Besuch in der Notaufnahme zu vermeiden. Und zum Beispiel mit einem gebrochenen Knöchel durch die Gegend laufen. Nicht, dass ich dachte, er sei wirklich gebrochen. Aber er war mit Sicherheit verstaucht.

„Weißt du, was mir seltsam vorkommt?", fragte ich und wechselte das Thema.

„Was?"

„Nach dem, was ich in ihrem Tagebuch lese und was ihre Eltern gesagt haben, brennt Kira für ihren Sport. Ich meine, sie ist fast schon besessen von ihm. Sie hat ihre Ziele fest im Blick und will unbedingt in die Olympiamannschaft." Ich wünschte, ich wäre nur halb so entschlossen und zielstrebig.

„Also warum ist sie weggelaufen?"

Ich zeigte mit meinem Becher in seine Richtung. „Genau das ist es. Was war der Auslöser? Welches einschneidende Ereignis hat sie veranlasst, zu gehen?"

„Nun, ihr Freund war es definitiv nicht. Sie hat ihm bereits den Laufpass gegeben oder hatte es zumindest vor. Vielleicht hat es ja etwas mit ihrer besten Freundin zu tun."

Ich seufzte, trank den letzten Schluck Kaffee und stellte den Fuß wieder auf den Boden. „Es gibt nur einen Weg, das herauszufinden. Wo haben sich Eva und Rowan getroffen?"

„Bei ihm zu Hause."

***

„Ich schwöre, Miss Fitzgerald, ich weiß nicht, wo sie ist", jammerte Rowan Boyle. Zufälligerweise glaubte ich ihm. Doch seine Mutter wirkte nicht gerade begeistert darüber, dass ich vor ihrer Haustür stand und ihren Sohn nach einem vermissten Mädchen fragte.

„Habt ihr euch getrennt?"

Ein Hauch von Röte überzog seine Wangenknochen und er wollte mir nicht in die Augen sehen. Stattdessen schien er großes Interesse an meinen Füßen zu haben, was vermutlich daran lag, dass sie blau angelaufen waren. Schließlich trug ich immer noch Flipflops und auch wenn der Winter vorbei war, war es immer noch recht kalt. Der Frühling ließ noch auf sich warten.

„Rowan, antworte der Frau, damit wir das Gespräch bald beenden können." Seine Mutter schlug ihm auf den Hinterkopf und ich zuckte zusammen. Allmählich verstand ich, warum Rowan unbedingt aufs College gehen wollte.

„Mrs Boyle?", setzte ich im autoritärsten Tonfall

an, den ich besaß. „Es ginge vielleicht schneller, wenn ich mit Rowan allein sprechen könnte. Ich versichere Ihnen, dass er nicht in Schwierigkeiten steckt." Es sei denn, er hätte Kira etwas angetan und sie zum Beispiel zum Sex gedrängt. Vergewaltigungen beim ersten Date passierten leider nur zu oft und falls sich herausstellte, dass Rowan seine körperliche Größe und Stärke eingesetzt hatte, um Kira zu etwas zu zwingen, was sie nicht tun wollte? Ja, dann steckte er tatsächlich in großen Schwierigkeiten und ich würde persönlich dafür sorgen, dass er dafür bestraft werden würde.

„Okay. Sie haben fünf Minuten Zeit und dann verlassen Sie bitte mein Grundstück. Er hat morgen früh ein Spiel und braucht seinen Schlaf."

„Danke."

Die Haustür schlug hinter ihr zu und ich zuckte zusammen, als die Fensterscheiben klapperten. Ich trat ein paar Schritte zurück. „Komm weg vom Haus." Ich gab ihm ein Zeichen, mir zu folgen. „Damit deine Mutter nicht mithören kann." Ich war mir sicher, dass sie just in diesem Moment im Wohnzimmer stand und das Ohr ans Fenster presste.

Rowan warf einen Blick über die Schulter und

folgte mir dann schnell. „Hören Sie, ich schwöre, ich weiß nicht, wo Kira ist."

„Hat sie mit dir Schluss gemacht?", wiederholte ich meine Frage.

„Ja", murmelte er.

„War das bevor du mit ihrer besten Freundin rumgemacht hast oder danach?"

Rowans Gesicht verlor jede Farbe, bevor es von einer wahren Flut von Rot überrollt wurde. „Währenddessen", brachte er mühsam hervor.

„Wusste sie es?"

Er schüttelte den Kopf. „Die Sache mit Eva … ist … einfach passiert. Ich habe sie immer gemocht, als Kumpel. Wir drei haben viel Zeit miteinander verbracht und so habe ich sie ziemlich gut kennengelernt."

„Hatten Kira und du Sex?"

Er schüttelte hastig den Kopf, doch ich ließ mich nicht für dumm verkaufen. „Komm schon, Rowan. Du bist eine Sportskanone. Du bist zwar nicht der Kapitän der Fußballmannschaft, aber ein sehr beliebter Spieler. Und ich bin mir sicher, dass du einen gewissen Ruf zu wahren hast."

„Der Coach würde mich umbringen, wenn ich Kira auf diese Weise anfassen würde!"

„Der Coach? Was hat der denn damit zu tun?"

„Er bereitet Kira auf die Olympischen Spiele vor. Er glaubt, sie könnte seine Eintrittskarte zu Größerem sein. Er hat mich gewarnt, ihr Trainingsprogramm in irgendeiner Weise zu stören. Und dazu gehörte auch, mit ihr zu schlafen. Er sagte, er würde es merken, wenn ich das täte, und dann würde er mich aus dem Fußballteam werfen. Ich habe ihm geglaubt. Die beiden stehen sich schließlich sehr nahe."

Diese Information musste ich erst einmal verdauen und später noch einmal überdenken, aber im Moment musste ich mich auf Rowan konzentrieren. „Also, was ist passiert? Kira ist tabu. Warum hast du sie dann nicht abserviert? Du bist achtzehn. Du musst nicht keusch leben, nur weil der Coach das verlangt."

„Ich habe sie nicht abserviert, weil ich sie wirklich mochte, und Sex ist einfach Sex. Ich bin nicht der Typ, der einem Mädchen droht, Schluss zu machen, wenn sie nicht mit ihm schläft. Kira hat das ..." Er schaute nach oben in den Abendhimmel und suchte nach den Worten. „Sie ist ziemlich ehrgeizig. Das bewundere ich wirklich an ihr. Und ja, es stimmt, wenn wir zusammen waren, ging es hauptsächlich um Leichtathletik, Fußball und unser Training, aber das fand ich richtig gut. Sie hat mich verstanden und wusste, was der Sport für mich bedeutet. Im Gegensatz zu den meisten Mädchen, die mit einem Sportler abhängen wollen, sich dann aber ärgern, dass ich trainieren muss und das Spiel immer vor ihnen kommt. Kira war nicht so."

„Und trotzdem hast du etwas mit Eva angefangen?"

Er verzog das Gesicht. „Ja. Und ich fühle mich deswegen richtig mies."

„Aber nicht mies genug, um sie nicht mehr zu sehen. Schlaft ihr miteinander?" Nicht, dass es wichtig war. Ich war einfach nur neugierig.

„Sie ist sechzehn."

„Ich nehme das als ein Ja." Ich seufzte. Teenager und Hormone. „Könnte es sein, dass Eva plötzlich ein schlechtes Gewissen bekam und Kira von euch beiden erzählt hat?"

Er starrte mich überrascht an. „Das hätte sie mir gesagt." Aber ich konnte in seinem Gesicht sehen, dass er sich dessen nicht ganz so sicher war.

„Was glaubst du, was Kira getan hätte, wenn sie es erfahren hätte?"

„Wahrscheinlich hätte sie mich deswegen zur Rede gestellt", murmelte er. „Sie hätte mich einen Loser genannt, der mit seinem Schniedel denkt."

„Das wäre alles? Sie hätte nichts … Drastischeres getan?"

Er zuckte mit den Schultern. „Das bezweifle ich. Ich habe es Ihnen doch gesagt. Für Kira zählt eigentlich nur eine Sache, und das ist ihre mögliche Karriere als Profisportlerin. Sicher, sie wäre wütend auf mich gewesen. Und auf Eva. Vielleicht hätte sie eine Weile nicht mehr mit uns geredet."

„Okay, danke für deine Zeit, Rowan." Ich reichte ihm meine Visitenkarte. „Falls du von Kira hörst, melde dich bitte bei mir. Es ist wichtig."

Er nickte. „Das werde ich."

„Oh, und viel Glück für das Spiel morgen."

Nachdem ich das Haus der Boyles verlassen hatte, machte ich mich auf den Weg zum Haus der Blakes, weil ich Evas Version der Ereignisse hören wollte. Auf dem Weg dorthin rief ich Galloway an und hinterließ eine Sprachnachricht, als er nicht abnahm. „Hey Babe, ich bin's nur. Ruf mich an, wenn du kurz Zeit hast."

Ben erschien auf dem Beifahrersitz und erschreckte mich so sehr, dass ich das Lenkrad herum riss und das Auto fast von der Straße abgekommen wäre. „Ben!", keuchte ich, mein Herz schlug wie wild in meiner Brust. „Mach das nie wieder! Und wie machst du das überhaupt?"

„Was?"

„Dich in einem fahrenden Fahrzeug materialisieren."

„Ich bin ein Geist, Fitz. Ich kann tun, was ich will."

„Aber wie funktioniert das?"

„Keine Ahnung. Ich denke einfach daran, wo ich gerade sein möchte, und schon bin ich da."

„Wie teleportieren." Ich nickte, umklammerte das Lenkrad fester und beruhigte meinen Atem.

„Du hast es erfasst. Leider habe ich dein Gespräch mit Rowan verpasst. Wie ist es gelaufen?"

„Ich glaube nicht, dass zwischen ihm und Kira irgendetwas vorgefallen ist. Ich hatte vermutet, dass er sie vielleicht zu etwas gezwungen haben könnte … aber er meinte, dass er das nicht getan hat, und ich glaube ihm."

„Bist du dir sicher?"

„So sicher wie ich mir eben sein kann. Vielleicht hat er mich getäuscht, wer weiß. Aber ich werde jetzt mit Eva sprechen und hören, was sie dazu zu sagen hat. Ich weiß, dass ihr Jungs euren Bruderkodex habt, aber den haben wir Mädchen auch, und Eva hat ihn gebrochen, als sie mit dem Kerl ihrer besten Freundin herumgemacht hat."

„Und was hat Rowan dazu gesagt?"

„Dass es passiert ist, bevor Kira und er sich getrennt haben. Und danach. Und dass Kira und er keinen Sex gehabt hatten. Anweisung vom Coach."

„Wie bitte?"

Ich sah Ben aus den Augenwinkeln heraus an. „Ja, nicht? Das fand ich auch merkwürdig. Keine Sorge, der Coach steht auch auf meiner Liste."

„Warte mal kurz, du fährst jetzt zu Eva? Sie war nicht bei Rowan?"

„Nein. Er war allein. Nun, abgesehen von seiner Mutter. Und sie war nicht sehr glücklich darüber, dass ich ihren Jungen befragt habe."

„Seltsam. Es ist nicht einmal einundzwanzig Uhr an einem Freitagabend und er ist allein zu Hause? Wohin ist Eva gegangen?"

„Vielleicht gehen sie erst später weg? Ich erinnere mich, dass wir als Teenager zu Hause erst vorgeglüht haben, bevor wir uns schließlich schon halb angetrunken hinaus schlichen. Wenn Mom wüsste, welche Probleme ich früher hatte, als ich noch jünger war, würde sie einen Wutanfall bekommen."

Ben schnaubte. „Ich erinnere mich. Ich weiß auch noch, dass du mir die Schuhe vollgekotzt hast."

„Und du warst der perfekte Gentleman, der meine Haare zurückhielt.“

„Das war aber auch eine geile Party gewesen, oder?“, meinte er grinsend.

Ich musste an den Sommer zurückdenken, als ich siebzehn gewesen war. Jordan Rigby hatte die wildeste Party veranstaltet, die die Kids der Firefly Bay High je erlebt hatten. Keine elterliche Aufsicht, ein Fass Bier und eine Flasche Malibu. Bis heute konnte ich nicht einmal den Geruch von diesem Zeug ertragen.

„Definitiv. Du musstest dein Date sitzen lassen, um mich nach Hause zu bringen.“

„Keine Sorge, das hat mir nur Pluspunkte eingebracht.“

Ich hob die Hand im klassischen Stoppsignal. „Sag nichts mehr. Ich will es nicht wissen.“

Nachdem ich vor Evangeline Blakes Haus angehalten hatte, stellte ich den Motor ab und saß im Dunkeln da, während ich mir das Gebäude ansah. Es war nichts Besonderes, aber sämtliche Lichter brannten. Es war beleuchtet wie ein Weihnachtsbaum.

„Das gibt eine saftige Stromrechnung“, murmelte ich, glitt aus dem Auto und humpelte zur Haustür. Mein Knöchel war gar nicht erfreut über das zusätzliche Laufen, das ich ihm heute Abend zumutete. Aber keine Sorge, nach dem Gespräch mit Eva wollte ich nur noch den Coach aufsuchen und dann nach Hause fahren, wo ich mich mit einer Tüte Tiefkühlerbsen auf dem protestierenden Gelenk auf das Sofa legen würde.

Als ich klopfte, öffnete ein Junge von etwa zehn Jahren die Tür.

„Oh, hi." Ich lächelte ihn freundlich an. „Ist Eva zu Hause?"

„Eva!", brüllte der Junge. „Eine Frau möchte dich sprechen!"

„Wer ist es denn?" Die Stimme kam von irgendwo tief aus dem Haus.

„Keine Ahnung." Und dann schlug er mir die Tür vor der Nase zu.

Ich drehte den Kopf und starrte Ben an.

„Keine Sorge", sagte er, „ich bin schon unterwegs." Er schritt durch die Tür.

Eine gute Minute verging, bis sich die Tür erneut öffnete und ich annahm, dass Evangeline Blake vor mir stand. Erstens sah sie so alt aus wie Kira und zweitens hatte sie eine unheimliche Ähnlichkeit mit ihr. Langes dunkelbraunes Haar, olivfarbene Haut, nur waren Evangelines Augen nicht blau, sondern braun.

„Ja?"

„Hi Eva, ich bin Audrey Fitzgerald, eine Privatdetektivin. Du hast vielleicht schon gehört, dass deine Freundin Kira Melendez vermisst wird."

Eva verlagerte das Gewicht von einem Fuß auf den anderen und schob die Hüfte vor. „Habe ich." Ich konnte nicht sagen, ob in ihrer Stimme Sorge oder Verachtung lag.

„Hast du Kira heute gesehen oder von ihr gehört?", hakte ich nach.

„Nein."

Ich seufzte. „Okay, hör zu. Ich komme gerade von Rowan und weiß alles über dich und ihn. Ich weiß auch, dass du dich mit ihm getroffen hast, als er noch mit Kira zusammen war, also lassen wir den Quatsch, ja?"

Ihr Gesicht verzog sich und ihre Augen schimmerten plötzlich feucht. Sie blinzelte, und dicke, fette Tropfen liefen ihr über die Wangen.

„Wir wollten ihr nie wehtun", flüsterte Eva und wischte sich das Gesicht ab. „Wir lieben sie beide."

„Okay. Also ... wusste sie Bescheid? Über euch beide?"

Eva schüttelte den Kopf. „Das war nicht ... geplant gewesen." Sie seufzte. „Es war nach dem Training vor ein paar Wochen. Kira war früher gegangen. Sie wollte nicht mit uns Pizza essen gehen, wegen ihrer Diät. Aber Rowan wollte feiern. Sein Training war richtig gut gelaufen. Der Coach war ganz begeistert gewesen, also haben er und ich uns eine Pizza geholt und dann … wir hatten das wirklich nicht geplant. Aber eins führte zum anderen."

Das Mädchen litt wirklich und ich hatte Mitleid mit ihm. Nicht, dass ich diesen Betrug gutheißen würde. Doch ich erinnerte mich nur zu gut an die Hormone der Teenagerzeit und an einige der ziemlich idiotischen Entscheidungen, die ich in dieser Zeit getroffen hatte.

Ich tätschelte ihr die Schulter. „Ich verstehe schon."

Eva schniefte laut. Ich kramte in meiner Handtasche nach einem Taschentuch und wartete, während sie sich die Nase putzte.

„Wir haben überlegt, was wir tun sollen. Was das bedeutet. Und schließlich stellten Rowan und ich fest, dass wir uns mehr als nur mögen."

„Also hat er darauf hingearbeitet, die Sache mit Kira zu beenden?"

„Er wollte ihr nicht wehtun."

Dafür war es zwar ein bisschen spät, aber das behielt ich für mich. „Aber dann hat Kira als Erste

Schluss gemacht. Was glaubst du, war der Grund dafür? Wusste sie von euch beiden?"

Eva schüttelte den Kopf. „Kira hätte uns beiden die Hölle heiß gemacht, wenn sie es gewusst hätte. Ich glaube, sie wollte sich einfach mehr auf ihr Training konzentrieren. Außerdem hat sie manchmal erwähnt, dass Rowan bald aufs College geht, und ich hatte nicht das Gefühl, dass sie Lust auf eine Fernbeziehung hatte."

Das entsprach genau dem, was Kira in ihrem Tagebuch geschrieben hatte.

Ben tauchte wieder auf und stellte sich hinter Eva. „Es gibt nichts zu berichten", sagte er. „Es sieht sie aus, als hätten die Blakes ein Dutzend Kinder. Und immer noch keine Spur von Kira. Zumindest versteckt sie sich nicht hier."

„Wenn Kira sich über etwas aufregen würde, wohin würde sie gehen?", fragte ich Eva.

„Zur Laufbahn. Sie würde laufen." Eva kaute auf der Unterlippe und sah mich einen Moment lang an. „Sie glauben doch nicht, dass ihr etwas zugestoßen ist, oder? Also etwas Schlimmes?"

„Ich hoffe nicht, aber es ist meine Aufgabe, das herauszufinden." Ich reichte Eva meine Karte. „Falls du von Kira hörst, melde dich bitte bei mir, auch wenn sie dich bittet, es nicht zu tun. Es gibt eine

Zeit, in der man seine Freunde beschützt, und eine Zeit, in der man ihnen hilft. Und Kira braucht deine Hilfe."

Eva nahm die Karte mit zitternden Fingern und roten Augen entgegen. „Ich werde anrufen. Versprochen. Bitte finden Sie sie."

Es war Freitagabend vor einem großen Spiel und der Coach war sturzbesoffen. Ich wäre angesichts seiner Fahne fast umgekippt und hustete, um meine Reaktion zu verbergen, bevor ich hastig den Kopf drehte, um Luft zu holen.

„Coach Cox?"

Lowell Cox war Mitte fünfzig, kahlköpfig und übergewichtig. Seine grünen Augen waren stumpf, während er mich stirnrunzelnd ansah. „Wer sind Sie?", lallte er.

„Audrey Fitzgerald, Privatdetektivin. Ich untersuche das Verschwinden von Kira Melendez."

„Der Star unter meinen Schülern!", rief er und warf die Arme dramatisch in die Luft, wobei er fast umgefallen wäre. Er griff panisch nach dem

Türpfosten, während ich näher trat, als mir lieb war, und ihn am Arm packte.

„Wie wäre es, wenn wir Sie reinbringen, hm?", schlug ich vor.

„Sie würde niemals ihr Training verpassen", fuhr er fort. „Nicht meine Kira. Ich habe noch nie so ein Kind getroffen."

Ich zog ihn durch die Tür und zu einem abgenutzten Sessel, aus dessen Lehne Stoffbüschel ragten. Der Coach ließ sich hineinfallen.

„Was glauben Sie, was passiert ist?", fragte ich.

„Hm?"

„Mit Kira? Wo ist sie?"

„Ich weiß es nicht. Aber sie würde niemals das Training verpassen. Niemals." Er holte mit dem Arm aus und schlug dabei gegen eine leere Bierflasche auf dem Tisch, sodass sie quer durch den Raum flog. Ich sah zu, wie sie auf dem Boden landete und unter das Sofa rollte. Während ich in diesem Wohnzimmer stand, hatte ich das unangenehme Gefühl, dass der Coach zu den Menschen gehörte, die schon früh im Leben ihren Höhepunkt erreicht hatten und mit denen es seitdem nur noch bergab ging. Überall lagen Bierdosen und leere Schnapsflaschen herum, Seite an Seite mit Trophäen aus alten Zeiten.

„Sie haben früher selbst gespielt?", fragte ich und

beugte mich vor, um den eingravierten Namen auf einer der Trophäen zu lesen. Und tatsächlich: *Lowell Cox, Fußballer des Jahres '96.*

„Ich war auf dem Weg in die erste Liga, bis mich eine Verletzung außer Gefecht setzte."

Dies war das Zimmer eines einsamen Mannes und es machte mich unerklärlich traurig.

„Erzählen Sie mir von Kira." Ich beäugte das Sofa und überlegte, ob ich mich setzen sollte, aber ich war mir nicht hundertprozentig sicher, was die Flecken waren. Bier oder …

„Die beste Schülerin aller Zeiten", lallte er.

„Ja, das habe ich verstanden. Sie sind wahrscheinlich die Person, mit der sie die meiste Zeit verbracht hat. Erzählen Sie mir von ihr. Was mag sie? Was kann sie gar nicht leiden?"

„Sie hat Boyle abserviert." Der Coach fuhr sich mit dem Ärmel über die Nase. „Die beste Entscheidung, die sie je getroffen hat. Ich hab ihr gesagt, dass sie sich nicht mit ihm einlassen soll. Wenn man trainiert, hat man keine Zeit für Jungs."

„Ich weiß über Rowan Boyle Bescheid", versicherte ich ihm. In dem Moment tauchte Ben wieder auf, der kurz verschwunden war, um das Haus nach einem Zeichen von Kira abzusuchen. Er schüttelte den Kopf. Kira war nicht hier und in

Anbetracht des Zustands des Trainers war ich froh darüber.

„Aber was ging sonst noch in ihr vor? Worüber hat sie gesprochen? Wirkte sie verärgert?" Ich hielt einen Moment inne, um dem Coach Zeit zum Antworten zu geben. Als er das nicht tat, starrte ich ihn im schwachen Licht an. Der Typ war tatsächlich eingeschlafen. Ich stieß ihn mit dem Fuß an und er wachte ruckartig auf.

„Wer sind Sie?", fragte er und beäugte mich misstrauisch.

Ich verdrehte die Augen. „Ich bin Privatdetektivin und wurde beauftragt, Kira Melendez zu finden."

„Der Star unter meinen Schülern!"

„Ja, das hatten wir schon. Sie wollten mir gerade erzählen, worüber Sie sich unterhalten haben."

Er fuchtelte mit einem Arm herum und verpasste nur knapp eine weitere leere Flasche. Ich beugte mich vor und schob sie außer Reichweite.

„Sie wissen schon. Das Übliche."

„Was zum Beispiel?"

„Über ihre Eltern." Er verschränkte die Arme vor der Brust und das Kinn fiel nach unten.

Ich stieß ihn wieder mit dem Fuß an. „Nicht einschlafen. Noch nicht. Wir müssen Kira finden."

„Vielleicht sollten Sie mit den Eltern anfangen", murmelte er. „Die Kinder haben Kira immer gehänselt, dass Bill nicht ihr Vater ist."

„Wie bitte?" Ich blinzelte, schaute zu Ben, der mit den Schultern zuckte, und konzentrierte mich dann wieder auf den Coach. „Warum haben sie das zu ihr gesagt?"

„Irgendwas mit einem Latino mit blauen Augen."

„Ähm. Ihre Mutter hat blaue Augen", warf ich ein.

Der Trainer wedelte abweisend in der Luft herum. „Kira war wütend auf ihren Vater."

„Wissen Sie, warum?"

Der Coach setzte sich etwas aufrechter hin und wirkte zum ersten Mal aufmerksam. „Kira bekam ein Angebot von einem ehemaligen Profi-Footballer, der ihr Manager werden wollte. Für die Olympischen Spiele. Michael Campbell war ein richtiger Superstar, der beste Mittelfeldspieler, den ich je gesehen habe. Er musste wegen einer Verletzung aufhören, leitet jetzt aber sein eigenes Team. Wie auch immer, Bill hat Nein gesagt."

„Haben Sie eine Ahnung, warum?" Für eine aufstrebende Olympia-Hoffnung schien ein solcher Manager eine großartige Chance zu sein. Ich interessierte mich nicht besonders für Football, aber der Name Michael Campbell sagte sogar mir etwas.

„Wer würde schon Nein sagen, wenn Mikey Campbell die sportliche Karriere seiner Tochter managen will?", meldete sich Ben zu Wort. „Der Typ ist stinkreich. Er managt sein Team nicht nur, es gehört ihm. Und jetzt kommt's: Er stammt aus Firefly Bay. Er wurde mit siebzehn unter Vertrag genommen, zog sich mit fünfunddreißig aus dem Fußball zurück und verdiente zwischendurch ein Vermögen. Er muss jetzt … Anfang vierzig sein."

Ich warf einen Blick auf den Coach, aber sein Kinn lag auf der Brust und sein Schnarchen wurde mit jedem Atemzug lauter. Ich seufzte. „Nun, sie ist zwar nicht hier, aber wir haben etwas Neues erfahren. Im Hause Melendez ist nicht alles so, wie es scheint."

„Es würde mich interessieren, warum Bill dieses Angebot abgelehnt hat", meinte Ben und folgte mir durch die Haustür, die ich pflichtbewusst hinter mir schloss. Vermutlich schlief der Coach an den meisten Abenden betrunken in seinem Sessel ein.

„Nicht wahr?" Das fragte ich mich auch. „Glaubst du, dass Kira die Schule und das Training geschwänzt hat, um diesen Michael Campbell zu treffen? Er will ihr Manager werden und ihr Vater hat Nein gesagt. Ich kann mir nicht vorstellen, dass Kira darüber glücklich war. Vielleicht ist sie zu ihm gegangen, um ihn zu bitten, ihr Manager zu werden, ohne dass ihre Eltern davon wissen?"

„Das ist ein juristisches Minenfeld." Ben runzelte die Stirn.

„Ich weiß. Aber Kira ist ein eigenwilliger Teenager, der nur ein Ziel im Leben hat: die Olympischen Spiele. Irgendetwas sagt mir, dass sie alles tun wird, um dieses Ziel zu erreichen. Notfalls auch weglaufen, um Campbell zu treffen. Wo wohnt er eigentlich? In der Stadt?"

„Ja. Er hat sein Büro in einem Hochhaus mitten im Zentrum und wohnt in einem Penthouse im selben Gebäude."

„Was für ein langer Arbeitsweg", schnaubte ich und stieg in mein Auto. Ich warf die Handtasche auf den Beifahrersitz und kramte dann nach meinem Handy. Ich überprüfte die Nachrichten – es gab keine –, wählte Galloways Nummer, warf das Telefon in den Becherhalter und ließ den Anruf über die Bluetooth-Funktion des Autos verbinden. Dann ließ ich den Motor an und achtete auf den Verkehr, bevor ich vom Bordstein wegfuhr.

„Sie sind mit der Mailbox von Detective Kade Galloway verbunden. Bitte hinterlassen Sie eine Nachricht." Sein Anrufbeantworter sprang an.

„Hi. Ich bin's. Ich schätze, du hast einen neuen

Fall. Ooookay. Ich fahre jetzt nach Hause, falls du vorbeikommen willst, wenn du fertig bist. Wenn nicht, ist das auch in Ordnung, aber ruf mich kurz an, um mir zu sagen, dass es dir gut geht. Okay? Ich liebe dich." Ich beendete das Gespräch und schaltete das Radio ein.

„Machst du dir keine Sorgen?", wollte Ben wissen.

Ich schaute kurz zu ihm hinüber. „Worum?"

„Um Galloway."

„Warum sollte ich mir Sorgen um Galloway machen?" Ich runzelte die Stirn.

„Nun, du hast seit heute Morgen nichts mehr von ihm gehört."

„Glaubst du, ihm ist etwas zugestoßen?" Bei diesem Gedanken beschleunigte mein Puls rasant. „Aber nein. Wenn etwas passiert wäre, hätte man es mir gesagt." Mein Herzschlag pendelte sich wieder ein.

„Nein, nicht, dass ihm etwas passiert ist."

„Ben, worauf willst du hinaus?"

„Ich kann nicht glauben, dass du so naiv bist", murmelte er und starrte nach vorne.

„Wovon redest du? Spuck es einfach aus. Denn offensichtlich willst du mir etwas sagen."

„Galloways Ex ist in der Stadt. Und jetzt nimmt

er deine Anrufe nicht mehr an. Hallo?"

Ich musste laut lachen. „Ist das dein Ernst? Glaubst du, er hat mich wegen Savannah sitzen lassen?" Das glaubte ich keine Sekunde.

„Es wäre doch möglich." Er verschränkte die Arme vor der Brust, als wäre er beleidigt, dass ich nicht dasselbe dachte.

„Savannah ist ein netter Mensch. Galloway ist ein anständiger Kerl. Sie hatten etwas miteinander, aber es hat nicht funktioniert. Ende der Geschichte. Nur weil sie früher zusammen waren, heißt das nicht, dass sie nicht zusammenarbeiten und dabei professionell bleiben können."

„Wie kannst du nur so ruhig bleiben?"

„Warum regst du dich darüber so auf? Hör zu, Ben, es ist süß, dass du dir Sorgen um meine Beziehung zu Kade machst, aber im Ernst, entspann dich. Ich vertraue ihm. Er kann mit anderen Frauen befreundet sein. Ich mache mir da gar keine Sorgen."

„Vielleicht solltest du das aber tun. Vielleicht solltest du nicht so vertrauensselig sein."

Ich zog eine Augenbraue hoch. Das heißt, ich versuchte es zumindest. Doch stattdessen schossen beide Augenbrauen in meinen Haaransatz und ließen mich erschrocken aussehen, anstatt den kühlen und lässig fragenden Blick zu erzeugen, den ich beabsichtigt hatte. „Ich dachte, Kade wäre dein Freund.“

„Das ist er auch.“

„Aber du traust ihm nicht?“ Wieso nicht? „Oh! Ich verstehe.“ Ich zeigte mit dem Finger auf ihn. „*Du* wurdest betrogen. Eine deiner Freundinnen ist wieder mit einem Ex zusammen.“

Er räusperte sich und starrte aus dem Seitenfenster, sodass ich sein Gesicht nicht sehen konnte.

„Okay. Warum schaust du nicht einfach nach, was sie so tun? Finde heraus, was Savannah und Galloway vorhaben. Du sagst, Savannah hätte die Wache um siebzehn Uhr verlassen. Sieh nach, wo sie jetzt ist und was sie macht.“

„Im Ernst?“ Er drehte sich zu mir um und starrte mich mit großen Augen an.

„Im Ernst. Spioniere meinem Freund nach, wenn du dich dann besser fühlst, aber ich glaube nicht, dass sie etwas anderes als Polizeiarbeit machen.“

Er nickte und verschwand.

Was ich gesagt hatte, meinte ich auch so. Ich hatte keine Probleme damit, dass Savannah in der Stadt war. Beneidete ich sie? Verdammt, ja. So, wie jede Frau eine umwerfend schöne Frau beneidete. Ich wünschte, ich hätte ihr langes, seidiges Haar und wäre so groß und elegant wie sie. Aber ich war nicht eifersüchtig. Nachdem wir die Formalitäten meiner Aussage heute Morgen hinter uns gebracht hatten, haben wir gelacht und uns unterhalten, und ich konnte mir durchaus vorstellen, mich mit Savannah anzufreunden.

Ich biss mir auf die Lippe, als ich in meine Einfahrt einbog. Es war allerdings seltsam, dass Galloway mir nicht wenigstens eine kurze Nachricht als Antwort auf meine Anrufe geschickt hatte. Das war nicht seine Art, aber er hatte bestimmt einen triftigen Grund dafür. Vielleicht observierte er gerade jemanden oder so. Vielleicht war sein Handy kaputt. Auch wenn das unwahrscheinlich war. Schließlich war ich diejenige, die ständig Ärger mit dem Telefon hatte. Wie auch immer, ich war nicht allzu besorgt. Dafür gab es sicherlich eine vernünftige Erklärung. Und in der Zwischenzeit hatte ich einen pochenden Knöchel, der verlangte, dass ich ihn entlastete und kühlte.

Ich rollte in die Garage, stellte den Motor ab, stieg auf der Fahrerseite aus und ging zur Beifahrerseite, um meine Tasche zu holen. Ich nahm mein Handy aus dem Becherhalter, steckte es in meine Hosentasche und wollte mich gerade aufrichten, als mir ein Tuch über den Mund gepresst wurde.

„Hey", murmelte ich durch den Knebel, zappelte herum und versuchte, den eisernen Griff desjenigen zu brechen, der mich zwischen meinem Auto und seinem Körper eingeklemmt hatte. Das Tuch über meinem Mund roch eklig. Und chemisch. Und es war unvermeidlich, den Gestank nicht einzuatmen, da es über Mund und Nase geklemmt war. Die Welt um mich herum geriet ins Schwanken, mir wurde schwindlig, der Schweiß brach mir aus, während meine Glieder zu Sand wurden. Und egal, was ich tat, ich konnte sie nicht bewegen. Dann wurde ich ohnmächtig.

# KAPITEL 7

**D**as Aufwachen im Kofferraum eines Autos gehörte nicht zu meinen üblichen Freitagabendaktivitäten. Und es war auch nicht das, was ich einen netten Zeitvertreib nennen würde. Das betreffende Fahrzeug fuhr mit hoher Geschwindigkeit und ohne den Komfort eines gepolsterten Sitzes spürte ich jede kleine Unebenheit. Mein Körper hüpfte auf und ab und wurde durchgeschüttelt, während wir über eine offensichtlich unbefestigte Straße rasten.

Es war dunkel, so dunkel, dass ich die Hand vor Augen nicht sehen konnte. Ich blinzelte ein paar Mal, in der Hoffnung, dass ich mich an die Dunkelheit gewöhnen würde, aber um mich herum war alles schwarz. Ich tastete mit den Händen herum, wobei ich feststellte, dass ich interessanterweise nicht gefesselt war. Das sagte mir, dass mein Entführer es nicht weit hatte und davon ausging, dass ich so lange bewusstlos bleiben würde. Doch da irrte er sich.

Abgesehen von meiner Wenigkeit war der Kofferraum leer. Meine Handtasche war nicht da, doch während ich da lag und versuchte, angesichts meiner misslichen Lage nicht zu hyperventilieren, erinnerte ich mich an mein Handy. Ich hatte es in meine Hosentasche gesteckt, anstatt es in die Handtasche zu werfen. Ich griff danach und hätte fast vor Freude aufgeschrien, als ich die vertraute Form im Jeansstoff spürte. Ich zog es heraus und öffnete die Taschenlampen-App, die mich beim Einschalten blendete.

Mit der Lampe in der Hand untersuchte ich den Kofferraum, denn ich wusste, dass mir nicht viel Zeit blieb. Ich brauchte etwas, irgendetwas, das ich als Waffe benutzen konnte. Ich hätte zwar das Überraschungsmoment, doch das war kurz. Nur … es war tatsächlich nichts im Kofferraum. Kein Wagenheber. Kein Werkzeug. Nichts. Ich ließ die Taschenlampe an und wählte Galloways Nummer. Während der Anruf verbunden wurde, legte ich das Telefon weg und begann, an der

Kofferraumverkleidung zu ziehen, um meine Finger hinter der Hartplastikverkleidung einzuhaken, die das Innere des Autos vom Äußeren trennte. Das hatte ich einmal im Fernsehen gesehen. Sollte man jemals in einem Kofferraum gefangen sein, sollte man ein Rücklicht herausbrechen. Nur, dass die Rücklichter abgedeckt waren und ich sie erst einmal erreichen musste.

Ich hörte, wie der Anruf verbunden wurde. Galloways Mailbox klang in dem engen Raum unglaublich laut. Ich beugte mich zum Telefon hinunter, während ich weiter versuchte, das Rücklicht zu erreichen, und flüsterte: „Galloway. Ich stecke in irgendeinem Kofferraum. Ich wurde gekidnappt. Das ist kein Witz. Ich weiß, es klingt wie einer, und du denkst wahrscheinlich, dass ich mir einen Scherz erlaube, um deine Aufmerksamkeit zu erregen, aber glaub mir, dem ist nicht so. Das hier ist echt blöd und ich glaube, ich brauche Hilfe.“

Da ich mir nicht sicher war, ob er in nächster Zeit überhaupt seine Mailbox abhören oder die drei Nachrichten lesen würde, die ich ihm bereits hinterlassen hatte, beendete ich das Gespräch und wählte die Nummer der Polizei.

„Firefly Bay Police Department“, antwortete eine Frauenstimme.

„Hier spricht Audrey Fitzgerald", flüsterte ich. „Ich wurde entführt. Ich befinde mich im Kofferraum eines Autos. Ich weiß nicht, wohin wir fahren, aber Sie können bestimmt mein Telefon orten oder so."

„Entschuldigung, ich kann Sie nicht verstehen. Können Sie lauter sprechen?"

Ich wiederholte alles, wobei ich darauf achtete, nicht zu laut zu sprechen, damit der Fahrer mich nicht hörte. Er sollte denken, ich sei immer noch bewusstlos. Wenn er wüsste, dass ich wach war, würde er auf mich vorbereitet sein. Und meine einzige Chance bestand darin, ihn zu überrumpeln.

Ich hatte natürlich einen Verdacht, wer mein Entführer war, denn während die Hand über meinem Mund und der Arm um meine Brust stark gewesen waren, war der Bauch in meinem Rücken groß und weich gewesen. Ein Bauch, der dem von Ian Mills sehr ähnlich war. Und unter all den Leuten, die mich loswerden wollten, stand Mills ganz oben auf der Liste. Eigentlich gab es gar keine Liste. Zumindest ging ich nicht davon aus, dass irgendjemand sonst in Firefly Bay ein Problem mit mir hatte – außer Mills. Also, ja. Er war mein einziger Verdächtiger. Und obwohl er die Oberhand hatte, als er mich betäubt hatte, war der

Typ immer noch ein Idiot. Erstens hatte er sich verrechnet, wie lange ich bewusstlos sein würde, und zweitens hatte er es versäumt, mir mein Telefon abzuholen.

„Es tut mir leid“, sagte die Stimme am Ende der Leitung. „Sie müssen lauter sprechen. Die Leitung ist irgendwie gestört.“

Die ‚Störung‘ war das Geräusch von Reifen auf der Straße, aber ich traute mich nicht, lauter zu sprechen, falls Mills mich hören würde. Also ließ ich die Verkleidung des Rücklichts los, nahm das Handy in die Hand und hielt es an den Mund.

„Audrey Fitzgerald“, flüsterte ich. „Entführt. Im Kofferraum eines Autos.“

„Audrey?“

„Genau! Ich kann nicht lauter reden. Ich stecke in Schwierigkeiten. Können Sie diesen Anruf zurückverfolgen? Oder mein Handy?“

Im Hintergrund hörte ich einen Tumult in Form von Stimmen, die sich berieten, dann meldete sich eine andere Stimme in der Leitung. Eine, die ich erkannte.

„Audrey, hier spricht Sergeant Young. Ist es richtig, dass Sie eine Entführung melden?“

„Ja. Meine. Ich wurde betäubt und in den Kofferraum eines Autos gesteckt. Wir sind immer noch unterwegs. Ich weiß nicht, in welche Richtung wir fahren. Ich versuche, ein Rücklicht zu zerstören."

„Kluger Schachzug", antwortete Sergeant Addison Young, und ich konnte mir ihr Nicken vor meinem geistigen Auge vorstellen. „Halten Sie die Leitung offen. Wir arbeiten daran."

Das hoffte ich wirklich sehr. Das Auto bog um eine Ecke, ich rutschte über den Boden und stieß mir den Kopf. Ich verkniff mir ein Stöhnen. Bewusstlose Menschen stöhnten nicht. Ich schob mich zurück in meine Ausgangsposition und machte mich wieder an das Rücklicht, wobei ich endlich einen Finger unter die Verkleidung bekam und sie zurückziehen konnte. Ich war schweißgebadet, als ich es schaffte, sie so weit zu entfernen, dass ich die Hand hindurchstecken konnte. Ich biss die Zähne zusammen, holte tief Luft, ballte die Hand zur Faust und schlug zu.

Der Schmerz schoss meinen Arm hinauf. Ich war mir ziemlich sicher, dass ich mich geschnitten und mir bei dem Schlag möglicherweise ein paar Finger gebrochen hatte, aber das war es wert gewesen. Ich hatte das Rücklicht ausgeschlagen und konnte die kalte Nachtluft auf der Haut spüren. Was ich nicht einkalkuliert hatte, war, dass Mills das zerbrechende Plastik hören würde. Oder vielleicht hat er auch das Vibrieren des Wagens gespürt, als ich es durchstieß. In jedem Fall wurde das Auto langsamer.

„Verdammt, verdammt, verdammt", flüsterte ich und zog langsam den Arm zurück, während ich mein Bestes tat, um mich nicht noch mehr zu verletzen. Aber wenigstens würde ich meine DNA zurücklassen. Ein schwacher Trost, denn inzwischen zweifelte ich an mir selbst. Was, wenn es nicht Mills wäre? Was, wenn mein unbekannter Angreifer eine Waffe besaß? Er könnte mich erschießen, ohne den Kofferraum zu öffnen. Aber wenn er mich hätte erschießen wollen, hätte er das schon getan. Warum entführte man mich?

Ich drehte mich so, dass mein Kopf zum Rücksitz zeigte, und legte mich auf den Rücken, die Beine an die Brust gezogen, bereit für einen Känguru-Kick, wenn jemand den Kofferraumdeckel öffnete. Ich konzentrierte mich auf meinen Atem, als das Auto langsam zum Stehen kam und die Reifen auf dem Kies knirschten.

Ich griff nach dem Handy und flüsterte: „Ich hoffe, ihr könnt das hören.". Dann hielt ich es so hoch, dass die Taschenlampe denjenigen blenden würde, der den Kofferraum öffnete. Das Auto hielt an. Ich spürte die Vibration, als das Getriebe in die

Parkstellung gebracht wurde, und hörte dann das Zuschlagen der Tür.

„Was soll das?" Eine Männerstimme. Vielleicht Mills'. Sie klang wie seine, aber ich war mir durchaus bewusst, dass es sich um Wunschdenken meinerseits handeln könnte. Dann sprang der Kofferraum auf. Meine Beine schossen nach vorne, aber mein Entführer wich zur Seite aus und ich trat ins Leere. Dann traf mich etwas Feuchtes im Gesicht und meine Augäpfel fingen Feuer.

„Verdammt!", schrie ich und ließ das Telefon fallen. „Sie haben mich mit Pfefferspray besprüht?" Da meine Beine bereits über den Rand des nun offenen Kofferraums hingen, hievte ich mich nun ganz heraus und landete auf Händen und Knien auf der Straße. Durch den brennenden Schmerz in den Augen konnte ich den Boden unter mir nicht sehen, sondern nur spüren. Kein Asphalt. Wir befanden uns auf einer Schotterstraße, was bedeutete, dass wir überall sein konnten.

Ich hörte ein verlegenes Seufzen, dann packte Mills mich am Haar und riss meinen Kopf zurück. Ich schrie noch mehr. Eher um einen Aufstand und viel Lärm zu machen, nur für den Fall, dass jemand in der Nähe war, der es hören könnte.

„Halt die Klappe. Willst du Wasser, um dir die Augen auszuwaschen, oder nicht?"

Ich hörte auf zu schreien. Ich würde meinen linken Eierstock geben, um mir das Gesicht zu waschen.

Der Griff um mein Haar wurde gelöst. „Hier." Etwas Hartes prallte seitlich an meinem Kopf ab und fiel auf den Boden. Es machte ein gluckerndes Geräusch, also dachte ich, es sei eine Wasserflasche, und fing an, wie wild auf dem Boden danach zu tasten. Endlich schlossen sich meine Finger um das Plastik und ich fingerte an dem Deckel herum, bis ich ihn schließlich öffnen konnte. Ich lehnte den Kopf zurück und goss mir Wasser über das Gesicht. Süßes, wohltuendes, kühlendes Wasser. Ich blinzelte und versuchte, das Pfefferspray, das meine Augäpfel auflöste, auszuspülen, und durch meine verschwommene Sicht konnte ich gerade noch die Silhouette von Officer Ian Mills erkennen, die sich über mir abzeichnete.

Ich saß tropfnass auf dem Boden und tat mein Bestes, ihn wütend anzustarren. Offenbar funktionierte mein Einschüchterungsversuch nicht, denn er trat mir in die Seite und knurrte: „Steh auf."

Ich rappelte mich auf und sah mich nach meinem Handy um. „Was wollen Sie, Mills?", fragte ich übermäßig laut, in der Hoffnung, dass die Leitung zum Firefly Bay PD noch stand.

„Suchst du das hier?"

Ich schaute auf. Er hielt mein Handy in der Hand, überprüfte den Bildschirm, drückte die Trennen-Taste und warf das Telefon ins Gebüsch.

„Sie wissen schon, dass Sie einfach die Sim-Karte herausnehmen könnten, oder?", murrte ich. „Ich verliere ziemlich viele Telefone in dieser Branche."

„Zurück in den Kofferraum", befahl er.

„Das möchte ich lieber nicht." Ich meine, warum anhalten und den Kofferraum öffnen, wenn man mich nicht aus dem Kofferraum holen wollte? Dummer Mann. Und jetzt, wo ich draußen war, hatte ich nicht die Absicht, wieder hineinzuklettern. „Was ist Ihr Plan, Mills? Falls Sie mich davon abhalten wollten, auszusagen, ist es zu spät. Ich habe meine Aussage bereits gemacht." Er wirkte überrascht, was ich zu meinen Gunsten nutzen würde. „Oooh. Wussten Sie das etwa nicht? Hat man Ihnen gesagt, ich wäre noch nicht von der Internen befragt worden?" Ich kniff die Augen zusammen und versuchte, seinen Gesichtsausdruck zu deuten, aber es war ziemlich dunkel hier draußen und das Rücklicht die einzige Beleuchtung. Außerdem war mein Sehvermögen bestenfalls zweifelhaft. „War es Sergeant Clements?"

„Steig. In. Den. Kofferraum." Er packte mich am Arm und schob mich in Richtung Auto. Anscheinend hatte Mills unser letztes Aufeinandertreffen vergessen – und das ich nicht dagegen gefeit war, mit schmutzigen Tricks zu kämpfen, denn ich würde auf keinen Fall kampflos wieder in dieses Fahrzeug steigen. Das war meine einzige Chance auf Freiheit. Ich hatte kurz Gelegenheit, die Gegend zu erfassen – eine abgelegene Schotterstraße, die auf beiden Seiten von Wald umgeben war. Dort könnte man sich leicht verstecken. Er hatte den Kofferraum ohne Taschenlampe oder Waffe geöffnet. Aber er hatte Pfefferspray dabei und meine immer noch brennenden Augen und mein klatschnasses T-Shirt waren der Beweis dafür, dass es eine äußerst wirksame Waffe war. Aber sie war auch hautnah und persönlich.

Inmitten des Drängelns und Schubsens gelang es ihm, hinter mich zu gelangen und die Arme um meinen Oberkörper zu schlingen, wobei er gleichzeitig zudrückte und mich hochhob. Meine Füße verließen den Boden, aber als er mich in den Kofferraum werfen wollte, schossen sie nach vorne.

Ich stemmte sie gegen den unteren Kofferraumrand und stützte mich ab. Er grunzte, ich schnappte nach Luft.

„Du gehst mir so was von auf die …", setzte er an, doch ich unterbrach seine Schimpferei mit einer Kopfnuss. Die Rückseite meines Schädels traf auf seine Nase. Das Knacken war eklig, aber seltsam befriedigend und hatte den gewünschten Effekt. Sein Griff lockerte sich und ich konnte mich befreien. Seine Hände schossen nach vorne und versuchten, mich zu packen, aber ich wich zur Seite aus und knallte den Kofferraum zu. Nur dass seine Hände im Weg waren, und ich eventuell ein bisschen grinste, als sich der Kofferraum auf ihnen schloss. Er brüllte. Ich rannte.

Mein Knöchel war von dieser neuen Wendung der Dinge überhaupt nicht beeindruckt, als ich von dem Weg in den Wald stürzte. Sofort wurde ich in Dunkelheit gehüllt, denn die hohen Bäume verdeckten nicht nur die geringe Beleuchtung durch den Mond, sondern auch den Schein der Autolichter. Ich eilte weiter, bahnte mir einen Weg durch das Unterholz, stieß gegen Bäume und tastete mich an ihnen vorbei, während ich blindlings immer tiefer in den Wald stolperte.

Schließlich blieb ich stehen, mein Knöchel

pochte. Ich lehnte mich mit dem Rücken gegen einen Baumstamm und versuchte, auf Geräusche von Mills zu lauschen, die mich verfolgten, aber es war schwer, etwas zu hören, außer meinem eigenen rasselnden Atem und dem donnernden Herzschlag. Ich holte tief Luft, hielt sie an und lauschte. Nichts. Keine knirschenden Zweige oder Blätter. Ich rutschte den Baumstamm hinunter und setzte mich auf den Boden, wobei ich meine Beine vor mir ausstreckte.

„Was jetzt, Fitz?", flüsterte ich vor mich hin. Ich hatte keine Ahnung, wo ich war und wie weit die Zivilisation entfernt war. Und es war stockdunkel, ich konnte nichts sehen. Der Wind pfiff durch die Baumkronen und ich fröstelte. Mein nasses T-Shirt klebte an meiner Haut und die Kälte drang so tief ein, dass ich sie bis in die Knochen spüren konnte.

Ich schlüpfte aus der Jacke, zog das T-Shirt aus und dann die Jacke wieder an und zog den Reißverschluss bis zum Kinn hoch. Wenigstens war die Jacke trocken und würde mich für den Moment warm genug halten. Während ich dasaß und über meine derzeitige Lage nachdachte, wickelte ich das nasse T-Shirt um meinen Knöchel – so konnte ich die unerwartete Kältekompresse nutzen, während ich mir einen Fluchtplan ausdachte.

Es war durchaus möglich, dass ich eingeschlafen war, denn im nächsten Moment leuchtete mir ein Licht in die Augen und eine Stimme rief: „Ich habe sie gefunden!"

„Nein!", schrie ich, schnappte mir eine Handvoll Blätter und Waldabfälle neben mir und warf sie nach meinem Entführer. Die Blätter flatterten gut einen Meter vor dem Ziel zu Boden. Ich tastete nach etwas Handfesterem, wie einem Stein, als die Stimme sagte: „Audrey, alles gut. Ich bin es, Noah Walsh. Officer Noah Walsh", fügte er hinzu.

Ich sackte mit dem Rücken gegen den Baumstamm. „Oh, hi." Ich lächelte schwach. „Könnten Sie vielleicht das Licht aus meinem Gesicht nehmen?"

„Natürlich. Sorry. Geht es Ihnen gut? Sind Sie verletzt?" Seine Taschenlampe leuchtete an meinem Körper auf und ab und blieb bei dem T-Shirt hängen, das um meinen Knöchel gewickelt war.

„Verstaucht", erklärte ich und kämpfte mich hoch.

Officer Walsh trat vor und legte einen Arm um meine Taille. „Stützen Sie sich auf mich."

„Danke." Wir machten uns auf den Weg zurück zur Straße, die jetzt dank blinkender blauer und roter Lichter und mehrerer Taschenlampen auch durch die Bäume gut zu erkennen war. „Wie haben Sie mich gefunden?“

„Ihr Telefon hat hier draußen das Funksignal eines Sendemasts empfangen. Wir waren gerade auf Patrouille, als wir einen nassen Schmutzfleck auf der Straße entdeckten. Außerdem sahen wir einige Schleifspuren und nahmen an, dass es einen Kampf gegeben hat. Wir wollten schon beide Straßenseiten absuchen, aber Sie haben eine leicht zu verfolgende Spur hinterlassen. Die abgebrochenen Äste haben mich direkt zu Ihnen geführt.“

„Oh.“ Ich war etwas enttäuscht, dass ich mich nicht so gut versteckt hatte, wie ich dachte. „Ich nehme an, Mills hing nicht noch hier herum?“

„Also hat Mills Sie entführt? Erzählen Sie mir, was passiert ist.“

Ich hatte ihn gerade aufgeklärt, als wir die Baumgrenze hinter uns ließen und auf die Straße traten. Zwei Polizeiautos und ein Krankenwagen erwarteten uns. Ich schaute mich nach Galloway um, bereit, mich in seine Arme zu stürzen und den Trost anzunehmen, den ich verdiente, nur ... dass kein Galloway da war.

„Audrey Fitzgerald. Was hast du dir dieses Mal angetan?“

Ich schaute auf und sah meine beiden

Lieblingssanitäter auf mich zukommen. „Hey, Ned. Hey, Jayce. Lange nicht mehr gesehen."

Ned nahm den Platz von Officer Walsh ein und stützte mich, während wir zum Krankenwagen humpelten. „Ja Jungs, mir geht es gut. Mein Knöchel ist bereits bandagiert, auch wenn die Bandage inzwischen ein wenig aufgeweicht ist."

„Ich mache mir eher Sorgen um dein Gesicht", sagte Jayce.

Meine Hände flogen zu meinen Wangen, um nach Verletzungen zu suchen. „Was stimmt denn mit meinem Gesicht nicht?"

„Das müssen wir noch herausfinden." Jayce stieg zuerst in den Krankenwagen, dann drehte er sich um, half mir hinein und wies mir den Weg zur Bahre. „Hinlegen", befahl er.

„Ich muss nicht ins Krankenhaus gefahren werden. Mir geht es gut. Ehrlich."

Jayce und Ned starrten mein Gesicht an und ignorierten mich völlig. „Eine Art chemischer Wirkstoff?", fragte Ned, woraufhin Jayce nickte.

*Oh!* Das hatte ich in der ganzen Aufregung irgendwie vergessen. „Ja, ich habe eine Runde Pfefferspray abbekommen. Aber ich habe mir die Augen mit Wasser ausgespült. Daher auch das nasse

T-Shirt. Das deshalb auch zu kalt wurde, um es zu tragen. Aber da es kalt war, dachte ich mir, ich könnte es mir um den Knöchel wickeln." Ich nickte in Richtung des T-Shirts, das ich mir um den Knöchel geknotet hatte. Auch die untere Hälfte meiner Jeans war inzwischen feucht und kalt. Vielleicht hatte ich das Ganze nicht richtig durchdacht.

„Wie fühlen sich deine Augen an, Audrey?", fragte Jayce und fuchtelte mehrmals mit einer Taschenlampe in Richtung meines Auges und dann wieder weg.

„Ganz gut. Okay, sie brennen ein bisschen. Als hätte man Sand im Auge gehabt und sich der Augapfel immer noch rau anfühlt, obwohl der Sand längst raus ist."

Der Sanitäter nickte. „Okay, wir spülen sie mit Kochsalzlösung. Sie sofort mit Wasser auszuspülen, war eine kluge Entscheidung."

„Was ist heute Abend passiert, Audrey?", wollte Jayce wissen.

„Ähm. Mills hat mich betäubt, in den Kofferraum seines Wagens geworfen und dann mit Pfefferspray besprüht."

Beide Männer verharrten regungslos und starrten mich an. „Er hat dich betäubt?"

Ich nickte. „Da war irgendetwas in seinem Tuch. Er hat es mir auf Mund und Nase gepresst."

„Klingt nach Chloroform", meinte Ned und Jayce nickte zustimmend. „Hast du Kopfschmerzen? Ist dir übel? Oder schwindelig?"

„Ein bisschen Kopfschmerzen, aber es war ein anstrengender Abend."

Jayce, der ältere der beiden Sanitäter, beriet sich mit seinem Kollegen. „Okay, hier ist der Plan. Ein Augenbad. Sauerstoff. Den Knöchel untersuchen. Der Arm ist ziemlich zerkratzt, aber die Schürfwunden scheinen nur oberflächlich zu sein. Wir werden sie säubern und uns genauer ansehen. Außerdem müssen wir ihre Körpertemperatur erhöhen."

Erst als er meine Temperatur erwähnte, merkte ich, dass ich zitterte. Eine Blutdruckmanschette wurde um meinen Arm gewickelt, eine Sauerstoffmaske an meinem Gesicht befestigt … und dann begann der Spaß. Normalerweise bin ich ein Fan von Bädern, aber Augenbäder? Nicht wirklich. Während Jayce gründlich alle Giftstoffe aus meinen Augen spülte, kümmerte sich Ned um meinen Knöchel.

„Deine Füße sind eiskalt", sagte er.

„Du weißt ja, was man sagt – kalte Füße, kaltes Herz", scherzte ich. Aber kalte Füße bekam man, wenn man bei diesen Temperaturen in Flipflops herumlief. Nachdem er meinen Knöchel mit einem warmen, trockenen Verband bandagiert hatte, holte er eine Decke und legte sie über mich. Dann faltete er eine zweite Decke und wickelte sie um meine Füße. Endlich lehnte ich mich entspannt gegen die Liege und das Zittern ließ nach. Ned und Jayce hatten sich um mich gekümmert, die Kratzer an meiner Hand und meinem Arm waren gesäubert worden, und wie er vermutet hatte, waren sie oberflächlich und mussten nicht genäht oder verbunden werden. Aber die Sauerstoffmaske blieb an ihrem Platz. Ich persönlich hielt das für überflüssig. Ich konnte gut atmen, aber es war schön, eine Minute lang so zu liegen, warm, mit frisch gewaschenen Augäpfeln. Ich würde wetten, dass diese Babys jetzt regelrecht glänzten.

Der Krankenwagen schwankte, als die Sanitäter ausstiegen und eine andere Person einstieg. Ich blickte auf und hoffte, Galloway zu sehen. Stattdessen war es Sergeant Addison Young.

„Oh, wow", sagte sie und ihre Augen klebten regelrecht an meinem Gesicht. Ich runzelte die Stirn und legte eine Hand auf die Sauerstoffmaske. „Nein", sagte sie und griff nach vorne, um mich zurückzuhalten, „nicht anfassen."

„Warum nicht? Was ist los? Warum starren Sie mich so erschrocken an?", wollte ich wissen.

„Die Sanitäter sagten, Sie seien mit Pfefferspray besprüht worden."

„Ja? Und?"

„Ihre Haut hat auf das Spray reagiert."

„Was? Lassen Sie mich sehen!"

Ich wartete ungeduldig, während die Wachtmeisterin ihr Handy herauszog und es mir reichte, wobei die Selfie-Kamera aktiviert war. Ich hielt es vor mein Gesicht und betrachtete mein eigenes Bild. Wie schön. Die blutunterlaufenen Augen waren ja keine Überraschung, doch die wunde, rote Haut um beide Augen herum war ein echter Hingucker. Ich sah so ähnlich aus wie Bandit, Thors neue beste Freundin, nur dass ich statt eines schwarzen Bandes um die Augen ein rotes hatte. Und das sah irgendwie eklig aus.

Ich schloss die Augen und reichte ihr das Telefon zurück. „Jungs!", schrie ich. Jayce und Ned kletterten zurück in den Krankenwagen. „Wollte mir einer von euch etwas vielleicht über mein Gesicht erzählen?"

„Dein Gesicht ist schon in Ordnung", sagte Ned.

„Leichte Hautreizung durch das Pfefferspray.

Warum? Tut es weh? Wenn du willst, kann ich etwas Brenngel auftragen", sagte Jayce.

Ich runzelte die Stirn und berührte vorsichtig die Haut um meine Augen. Es tat nicht einmal weh. Was mir sagte, dass sie recht hatten. Ich war nicht dauerhaft verunstaltet. „Nein, alles gut. Es tut überhaupt nicht weh."

„Okay, nun, wir haben dem Detective gerade gesagt, dass du gehen kannst. Ich meine, normalerweise würden wir dich ins Krankenhaus bringen, um dich von einem Arzt untersuchen zu lassen, aber da ich weiß, wie du über Krankenhäuser denkst …"

Ich grinste ihn an. „Da hast du völlig recht. Ich fühle mich gut. Ein bisschen zerschlagen, aber ich bin okay. Also, ist Detective Galloway hier?" Ich verrenkte mir den Hals und versuchte, zur Tür hinauszusehen. Warum war er nicht hineingekommen?

„Detective McClain", erklärte Sergeant Young.

„Galloway ist also *nicht* hier?"

Ein mitfühlender Blick blitzte auf dem Gesicht der Polizistin auf. „Sorry. Nein."

„Aber er ist wieder auf dem Revier?"

Sie schüttelte den Kopf. „Nein, er hatte heute die Tagschicht."

Natürlich hatte er das. Denn ich hatte ihn heute Morgen selbst auf der Wache gesehen. Warum hatte er dann nicht auf meine Anrufe reagiert? Sicherlich hatte sich inzwischen bis zu ihm herumgesprochen, dass ich von Mills entführt worden war. Obwohl ich nicht der eifersüchtige Typ war, wäre es eine Untertreibung zu sagen, dass ich etwas besorgt war. Er konnte nicht mit Savannah zusammen sein. Ich weigerte mich schlichtweg, das zu glauben.

# KAPITEL 8

Sergeant Young und Officer Walsh brachten mich nach Hause und erklärten mir, dass ein Streifenwagen vor der Tür stehen würde, bis sie Mills verhaftet hätten. Ich schlug vor, dass sie die Krankenhäuser abklapperten, da er möglicherweise eine gebrochene Nase und ein paar gebrochene Finger hatte.

„Wo bist du gewesen?", fragte Thor vorwurfsvoll und trabte den Flur entlang, wobei sein Bauch hin und her schwankte. „Und was ist mit deinem Gesicht passiert?"

„Meinem Gesicht geht es gut", sagte ich ihm und humpelte in Richtung Küche. Ich brauchte dringend einen Kaffee. Und obwohl ich wusste, dass ich an Kiras Fall arbeiten sollte, war mein Gehirn nicht einsatzfähig. Kein Wunder. Mills' Angriff hatte mich ziemlich verunsichert. Ich konnte nicht verstehen, warum er mich entführt hatte, oder was er mit mir vorhatte. Nichts davon ergab einen Sinn, und wenn die Dinge keinen Sinn ergaben, tat mein Gehirn weh.

Also machte ich mich daran, mir trotz der späten Stunde eine Tasse Kaffee zu kochen. Ich würde sowieso nicht schlafen können. Thor sprang auf den Küchentisch, eine Bewegung, für die er normalerweise gescholten werden würde, heute jedoch nicht. Heute konnte ich ein wenig Trost gebrauchen. Also strich ich mit meiner Hand über sein seidiges Fell, kraulte ihn hinter dem Ohr und lächelte, als er am ganzen Körper schnurrte.

Ein Geräusch aus dem Garten ließ mich herumwirbeln. War Mills hier? War er vor mir angekommen und hatte nur auf den richtigen Zeitpunkt gewartet, um sich hinten zu verstecken, bis ich allein war? Ich suchte die weite Glasfläche ab, ohne etwas oder jemanden zu sehen. Bis eine Bewegung meine Aufmerksamkeit erregte.

„Bandit." Ich sackte vor Erleichterung zusammen, als ich das kleine schwarz-weiße Tier entdeckte, das auf seinen Hinterpfoten stand, die Vorderpfoten gegen das Glas lehnte und uns anstarrte.

„Sie will nicht gehen", beschwerte sich Thor, und seine orangefarbenen Augen verengten sich, als Bandit sich auf alle viere fallen ließ und sich der Katzentür näherte.

„Sie ist einsam. Vielleicht hat sie keine Familie und ist ganz allein."

„Oh." Thor klang überrascht. „Daran habe ich gar nicht gedacht."

Die Katzenklappe öffnete sich und Bandits Kopf erschien. „Darf ich reinkommen?", fragte sie. Ich war überrascht, dass sie fragte und nicht einfach hereinsprang.

„Natürlich", stimmte ich zu. „Aber es muss ein paar Grundregeln für euch beide geben", fügte ich hinzu und tätschelte Thor noch einmal, damit er wusste, dass ich genug Liebe, Streicheleinheiten und Leckerlis für sie beide hatte. „Regel Nummer eins." Ich hielt einen Finger hoch. „Keine Verfolgungsjagden im Haus. Wenn ihr Nachlaufen spielen wollt, geht ihr nach draußen. Regel Nummer zwei: Pfoten weg vom Müll. Regel Nummer drei: Die Innenräume sind nicht eure Toiletten. Wenn ihr müsst, geht ihr raus."

„Ich habe noch nie ins Haus gepinkelt", schniefte Thor und wedelte irritiert mit dem Schwanz.

„Darf ich dich an die Topfpalme erinnern, die

früher in dieser Ecke stand? Diejenige, die auf mysteriöse Weise eingegangen ist?"

Thor ignorierte mich. Er sprang vom Tresen herunter, stapfte zu Bandit und beugte sich vor, um an ihrer Nase zu schnuppern. „Ich weiß wirklich nicht, wovon du redest."

„Willst du mein Freund sein?", fragte Bandit Thor.

„Hey, ihr zwei", mischte ich mich ein. „Sagt mir, dass ihr die Regeln verstanden habt, und versprecht, sie zu befolgen." Ich zeigte von Thor zu Bandit und wieder zurück.

„Okay!", grummelte Thor, aber warum er so mürrisch war, war mir schleierhaft. Das waren schon immer die Regeln gewesen – nur, dass wir uns gegenseitig durch das Haus jagten. Thor hatte noch nie einen Freund gehabt, das war also neu für ihn.

„Ich werde mich an die Regeln halten", versicherte Bandit, die mir immer sympathischer wurde. War ich verrückt, einen Waschbären als Haustier zu adoptieren? Auf jeden Fall. Aber ich brachte es einfach nicht übers Herz, sie ganz allein vor der Tür sitzen zu lassen. Und ich hatte den leisen Verdacht, dass Thor den Eindringling mehr mochte, als er zugeben wollte.

Ich holte eine Müslischale aus dem Schrank, gab

eine Handvoll Futter hinein und stelle sie neben Thors Napf. Hoffentlich würde die Tatsache, dass jeder von ihnen einen eigenen Napf besaß, ausreichen, damit es in Zukunft keine Streitereien mehr ums Essen gab. Und damit war die Sache besiegelt. Bandit war nun offiziell ein Mitglied unserer Familie ... Und ich musste nachweislich geisteskrank sein.

Ich trug den Kaffee ins Büro, ließ meinen müden Körper in den Stuhl sinken, lehnte mich zurück und starrte auf den leeren Computerbildschirm. Trotz der Ablenkung durch meinen Entführungsversuch war Kira immer noch verschwunden und ich hatte zu arbeiten, ob mein Gehirn nun schmerzte oder nicht. Ich wackelte mit der Maus, damit der Computer zum Leben erwachte und das letzte Programm, das ich benutzt hatte, auf dem Bildschirm angezeigt wurde: Kira Melendez' Profile in den sozialen Medien. Ich beugte mich vor, rief eine neue Seite auf und gab Michael Campbell in die Suchmaschine ein. Innerhalb von Sekunden erschienen seitenweise Ergebnisse. Der Coach hatte recht gehabt. Campbell war während seiner aktiven Zeit ein wahrer Superstar gewesen und inzwischen ein sehr erfolgreicher Geschäftsmann. Warum hatte Bill

Melendez seiner Tochter die Möglichkeit verweigert, mit ihm zu arbeiten?

Ich grub weiter, bis meine Sicht verschwamm und mich daran erinnerte, dass meine Augen heute Abend einen heftigen Schlag abbekommen hatten. Jayce hatte mir Augentropfen mitgegeben, falls ich sie brauchte, und da ich auf dem Bildschirm nichts lesen konnte, brauchte ich sie offensichtlich. Ich humpelte in die Küche und grinste, als ich an Thor und Bandit vorbeikam, die zusammengerollt auf dem Sofa lagen und fest schliefen. Es schien, als wären die Feinde ziemlich schnell zu Freunden geworden.

Ich brauchte sechzehn Versuche, um die Tropfen ins Auge und nicht ins Gesicht zu träufeln. Schließlich gelang es mir. Ich schloss die Lider und rollte die Augen, um die beruhigenden Tropfen zu verteilen. Blinzelnd öffnete ich sie und sah mich im Wohnzimmer um. Immer noch unscharf. Ich machte mich langsam auf den Weg zum Sofa und dachte, ich könnte mich mit Thor und Bandit ein paar Minuten lang ausruhen, während ich auf die Wirkung der Tropfen wartete. Ich schnappte mir ein paar Sofakissen, legte mir eines unter den Knöchel und das andere unter den Kopf, lehnte mich zurück und schloss für einen Moment die Augen, während ich den Fall durchging.

Ich war mir ziemlich sicher, dass Rowan, der untreue Freund, und Eva, die nicht gerade allerbeste beste Freundin, nichts damit zu tun hatten. Ich war mir auch ziemlich sicher, dass ich Bill und Stephanie Melendez etwas genauer unter die Lupe nehmen musste. Nicht, dass ich dachte, sie hätten ihrer Tochter etwas angetan, aber … waren sie vielleicht der Auslöser dafür gewesen, dass Kira weggelaufen war? Dies schien immer wahrscheinlicher zu werden, vor allem, wenn Bill Melendez tatsächlich Michael Campbells Angebot abgelehnt hatte, Kiras Sportkarriere zu managen.

Interessanterweise hatte das keiner der beiden erwähnt, als ich sie über Kiras Verschwinden befragt hatte. Stephanie hatte sich Vorwürfe gemacht, weil sie durch ihren Schönheitssalon abgelenkt gewesen war und sich ausschließlich auf seine große Eröffnung konzentriert hatte. Michael Campbell hatte sie mit keinem Wort erwähnt. Genauso wenig wie Bill.

Und ich musste auch über das Wohin nachdenken. Wohin war Kira gegangen? Mein Bauchgefühl sagte mir, dass ich in der Stadt suchen musste, genauer gesagt in einem bestimmten

Hochhaus. Zwei Dinge hielten mich jedoch zurück. Meine schmerzenden Augen und die relative Gewissheit, dass Campbell zumindest ihre Eltern angerufen hätte, wenn Kira Melendez vor seiner Tür aufgetaucht wäre.

„Wusstest du, dass du ein Mundatmer bist und im Schlaf sabberst?" Bens Stimme neben meinem Ohr riss mich aus dem Schlaf.

„Waaas?", lallte ich verwirrt. Ich stützte mich auf einen Ellbogen und achtete darauf, Thor und Bandit nicht zu stören, die sich vom Ende des Sofas nach oben gerobbt und an meinen Bauch geschmiegt hatten. Ich musste eingenickt sein – Sonnenlicht fiel durch die Fenster herein. Ich warf einen Blick auf die Uhr an der Wand. Sieben Uhr dreißig.

Ich ließ mich zurückfallen und schaute Ben an. „Warst du die ganze Nacht unterwegs?"

Er zuckte mit den Schultern. „Ich schlafe nicht. Du weißt es zwar nicht, aber ich bin die meisten Nächte unterwegs."

„Wohin gehst du dann immer?"

„Ich schaue nach Dad. Dann besuche ich die Schlaflosen, die normalerweise Netflix schauen."

Ich gähnte und streckte die Arme über den Kopf. Bens Augen fixierten die Kratzer an meinem rechten Arm und meiner Hand. „Was ist denn mit dir passiert?"

Da er mein Gesicht nicht erwähnte, ging ich davon aus, dass die rote Maske vom Vorabend inzwischen verschwunden war.

„Du wirst es nicht glauben, aber Mills hat mich letzte Nacht entführt." Ich erzählte ihm, was passiert war, und fragte dann: „Steht noch immer ein Streifenwagen vor der Tür?"

„Ich sehe kurz nach." Keine drei Sekunden später war er wieder da. „Jepp."

„Das heißt, sie haben Mills noch nicht gefunden." Ich setzte mich auf und verjagte die beiden pelzigen Freunde, die erst murrend protestierten, dann aber sofort zu den Futternäpfen an der Hintertür liefen. Sie waren einfach zu niedlich.

Ben beäugte Bandit mit einer hochgezogenen Augenbraue. „Also ist das jetzt beschlossene Sache?"

„Halt die Klappe." Mein Knöchel fühlte sich etwas besser an und ich hinkte kaum noch, als ich zur Toilette ging. Ben folgte mir, blieb aber draußen stehen, während ich mein Geschäft erledigte.

„Du hast nicht nachgefragt“, sagte er durch die geschlossene Tür.

„Wonach?“

„Nach Galloway und Savannah.“

Oh, stimmt ja. Ich hatte Ben die Erlaubnis gegeben, Galloway und seiner Ex hinterherzuspionieren. Nicht, dass ich dachte, dass Kade etwas Verbotenes tun würde. Ben war derjenige, der Vertrauensprobleme hatte.

„Okay, dann schieß mal los. Erzähl mir, was du herausgefunden hast.“ Ich spülte die Toilette, wusch mir die Hände und betrachtete mich im Spiegel. Die Rötung war verschwunden und meine Augen funkelten wieder, mein Haar war zwar das reinste Chaos, aber trotz der Ereignisse der letzten vierundzwanzig Stunden fühlte ich mich eigentlich ganz gut und sah auch so aus.

„Nun, Kade war nicht mit Savannah zusammen“, kam Bens gedämpfte Antwort.

Ich riss die Tür auf und grinste ihn an. „Siehst du? Ich habe es dir doch gesagt.“

„Ja, das hast du. Sie haben nicht einmal miteinander telefoniert.“

Was mich an etwas erinnerte. Ich brauchte ein Ersatztelefon, weil Mills mein Handy in den Wald geworfen hatte. Wahrscheinlich hatte Galloway versucht, mich anzurufen, aber nun war ich diejenige, die nicht ranging. „Wo war er denn?", fragte ich Ben auf dem Weg zu meinem Büro. Ich würde ihm eine E-Mail schreiben, ihm die Sache mit dem Handy erklären und dann in die Stadt fahren.

„Keine Ahnung", sagte Ben und folgte mir. „Savannah hat sich *Stirb Langsam* angesehen, also habe ich bei ihr abgehangen."

„Ich glaube kaum, dass man es abhängen nennen kann, wenn die andere Person nicht einmal weiß, dass man da ist", stichelte ich und zwinkerte ihm über die Schulter zu, damit er wusste, dass ich nur einen Scherz machte. Wer war ich, dass ich es Ben missgönnte, auf jede erdenkliche Weise Unterhaltung und Trost zu finden? Mein Gott, er war ein Geist und seine Möglichkeiten waren begrenzt. Ich konnte mir nicht vorstellen, wie es sein würde, nicht mit Menschen sprechen oder sie berühren zu können, nicht essen, trinken und schlafen zu können. All das tat ich am liebsten.

„Du warst also nicht bei Galloway zu Hause?"

„Nein. Sie waren nicht zusammen. Das war alles, was ich wissen musste."

Ich ließ mich auf meinen Bürostuhl fallen und schrieb Galloway eine kurze E-Mail, in der ich die Situation erklärte und ihm versicherte, dass es mir gut ging. Vermutlich hatte er längst vom Vorabend gehört. Um ehrlich zu sein, war ich ein wenig überrascht, dass er noch nicht vor meiner Haustür aufgetaucht war. Um ihn davon abzuhalten, musste etwas wirklich Wichtiges vor sich gehen.

Nachdem ich den Posteingang meines E-Mail-Kontos überprüft hatte, duschte ich schnell, verband meinen Knöchel neu, während ich meinen morgendlichen Koffeinschub hinunterschlang, und machte mich auf den Weg. Erster Halt: ein neues Telefon. Zweiter Halt: das Haus der Melendez'.

Mit dem neuen Handy in der Hand betrat ich das Shack, ein beliebtes Café in der Main Street, das immer gut besucht war. Auch an diesem Morgen gab es dort mehr Kunden als Sitzplätze. Nicht, dass es wichtig war. Ich würde mir etwas zum Mitnehmen bestellen. Während ich darauf wartete, dass ich an der Reihe war, bewunderte ich mein neues Telefon – komplett mit Glasschutzfolie und einer strapazierfähigen Hülle, die das Handy, wie mir der Verkäufer versicherte, schützen würde, falls ich es fallen lassen würde. Was ich garantiert irgendwann auch tun würde. Das war Fakt. Tatsächlich war es ein Wunder, wenn ich den heutigen Tag überstehen würde, ohne es fallen zu lassen.

„Hast du bemerkt, wie still es wurde, als du hereinkamst?", fragte Ben im Plauderton. Ich schaute von meinem Handy auf und sah, dass mindestens die Hälfte der Gäste mich anstarrte und die andere Hälfte so tat, als ob sie es nicht täte.

„Wieso das denn?", flüsterte ich mit unbeweglichem Mund.

„Keine Ahnung."

Die Schlange schob sich nach vorne und ein Mann mit dickem Körper und dünnem Haar trat mit einem Kaffee zum Mitnehmen in der Hand vom Tresen zurück. Als er mich sah, blieb er stehen und betrachtete mich eingehend. „Fitzgerald", meinte er schließlich.

„Deputy Police Chief", erwiderte ich.

Er nahm einen Bissen von dem Donut in der anderen Hand, schluckte und grinste. „Ich habe schon gehört, dass Sie gestern einen interessanten Tag hatten."

„Das kann man wohl sagen." Ich war mir nicht sicher, worauf genau er anspielte: auf meine Aussage am Morgen oder meine Entführung am Abend.

„Sie sollten vielleicht besser auf sich aufpassen."

Ich legte den Kopf schief. War das eine Drohung? Oder ein freundschaftlicher Rat?

„Vielen Dank, Deputy Police Chief", sagte ich mit

einer Extraportion Elan in der Stimme. „Das werde ich ganz bestimmt tun."

„Und ausnahmsweise ist Detective Galloway nicht zu Ihrer Rettung gekommen. Ich schätze, er war ... anderweitig beschäftigt."

Ich blinzelte, straffte die Schultern und lächelte zuckersüß. „Ich weiß Ihre Sorge sehr zu schätzen, James, aber im Gegensatz zu dem, was Sie vielleicht glauben, braucht nicht jede Frau einen Mann, der sie rettet."

James Clarke war Mitte fünfzig und trug stets eine selbstgefällige Überlegenheit zur Schau. Vielleicht hatte er sich ja in dem Netz verfangen, das Galloway und Savannah ausgeworfen hatten ... Das würde die verschleierte Feindseligkeit erklären.

Er musterte mich noch einmal in aller Ruhe, biss noch einmal in seinen Donut und schlenderte dann zur Tür hinaus. Während des gesamten Gesprächs war es ganz still im Café gewesen, doch als sich die Tür hinter ihm schloss, begannen alle gleichzeitig zu sprechen. Zum Glück nicht mit mir. Ich ging wieder mein Telefon durch, vor allem, um nach verpassten Anrufen oder Nachrichten von Galloway zu suchen. Von denen es aber keine gab. Nun begann ich doch, mir Sorgen zu machen. Vierundzwanzig Stunden ohne Kontakt.

„Morgen, Audrey. Das Übliche?"

Ich schaute überrascht auf. Ich hatte nicht einmal bemerkt, dass sich die Warteschlange bewegt hatte und ich nun an der Reihe war.

Ich nickte. „Danke, Andy."

„Was war das denn mit Clarke?" Ben stützte einen Ellbogen auf den Tresen und sah sich im Café um.

Ich hielt das Telefon ans Ohr und tat so, als würde ich telefonieren. „Was meinst du damit?"

„Das war etwas Persönliches. Diese Sache mit Kade. Die Andeutung, dass er mit Savannah etwas am Laufen hat."

Ich zuckte mit den Schultern. „Das weißt du besser als ich. Ich habe nicht viel mit dem Mann zu tun."

„Genau. Er bedeutet dir nichts, außer dass er der stellvertretende Polizeichef ist, und wenn der Polizeichef in den Ruhestand geht, hat er gute Chancen auf diesen Spitzenposten."

„Mein Gefühl sagt mir, dass das nicht gut wäre."

Andy schob einen Becher zum Mitnehmen über den Tresen. Ich schob ein paar Scheine zurück und winkte zum Abschied, wobei ich wortlos ein Dankeschön formte und das Telefon an mein Ohr hielt. „Irgendetwas stimmt definitiv nicht."

„Immer noch keine Nachricht von Kade?" Ben folgte mir zur Tür, wobei ein Gast hastig aufsprang und mir die Tür aufhielt. Ich bedankte mich mit einem Lächeln, als ich an ihm vorbeiging.

„Nein. Und so langsam mache ich mir Sorgen. Was, wenn ihm etwas zugestoßen ist?" Ich schaute mich um, um sicherzugehen, dass ich nicht belauscht wurde, senkte aber trotzdem meine Stimme. „Was, wenn jemand herausgefunden hat, dass er in die Korruptionsermittlungen verwickelt ist? Was würdest du tun, wenn der Druck immer größer würde und du Gefahr liefst, enttarnt zu werden?"

„Ich würde alles tun, um die Person, die mich bloßstellen könnte, zum Schweigen zu bringen."

„Genau!" Meine Stimme stieg um mehrere Oktaven an und zog die Blicke der Passanten auf mich. Ich räusperte mich und senkte sie wieder auf den normalen Bereich. „Mills wollte mich zum Schweigen bringen. Was, wenn ihm das bei Galloway schong gelungen ist?"

Ben schnaubte. „Mills konnte nicht einmal dich erfolgreich entführen. Also halte ich es für sehr unwahrscheinlich, dass er Galloway austricksen könnte."

„Vielleicht. Hör zu, ich muss zu den Melendez' und ihre Tochter finden. Könntest du nach Galloway

Ausschau halten? Vergräbt er sich in der Arbeit? Es ist mir egal, was er tut. Ich muss nur wissen, dass es ihm gutgeht."

„Schon unterwegs." Er wandte sich ab, drehte sich dann wieder um und legte die Hand auf meine Schulter, wobei die Kühle seiner Berührung ein Gefühl war, an das ich mich wohl nie gewöhnen würde. „Pass heute auf dich auf, Fitz. Okay? Mills ist immer noch da draußen und allem Anschein nach hat er es auf dich abgesehen. Es wäre zwar dumm von ihm, es noch einmal zu versuchen, aber wir wissen beide, dass der Mann nicht gerade für seine Klugheit bekannt ist."

„Das werde ich", versprach ich, beendete dann den vorgetäuschten Anruf und steckte mein Telefon in die Gesäßtasche, nur um es kurz darauf wieder hervorzuholen und in mein Auto zu steigen. Ich steckte es an seinen üblichen Platz, den Becherhalter, stellte meinen Kaffee in den Ersatzhalter und machte mich auf den Weg zum Ivelisse Day Spa.

Der Laden sah ziemlich schick aus und war bereit für die große Eröffnung. Die Gärtner waren fertig und alles war makellos und blitzblank, als ich den Weg hinaufging. Ich hatte schon fast erwartet, den Laden geschlossen vorzufinden, weil Stephanies

Tochter vermisst wurde und so weiter, aber auf dem Schild an der Tür stand ‚Geöffnet‘, also drehte ich den Knauf und trat ein.

Ich hielt einen Moment inne, bis sich die Augen an das schwache Licht gewöhnt hatten. Dann sah ich ihn, einen Ellbogen auf den Empfangstresen gestützt, den Körper in Richtung Stephanie gewandt, die sich ernsthaft mit ihm unterhielt. Ich wusste nicht, wer er war, aber er kam mir vage bekannt vor. Und er war die pure männliche Perfektion. Ohne Galloway zu kritisieren, der alle meine Ansprüche bestens erfüllte, aber ich müsste schon blind sein, um dieses Exemplar von Männlichkeit vor mir nicht würdigen zu können.

Breite Schultern. Schmale Taille. Schokoladenfarbenes Haar mit karamellfarbenen Strähnchen. Ein Dreitagebart umrahmte einen vollen Mund. Als ich bemerkte, dass ich starrte und möglicherweise sabberte, hielt ich mir den Mund zu und befahl meinen Beinen, sich zusammenzureißen und aufzuhören, Wackelpudding zu imitieren.

Stephanie schaute auf, entdeckte mich und eilte sofort um den Empfangstresen herum. „Haben Sie sie gefunden?“

„Es tut mir leid. Noch nicht.“

Ihr ganzer Körper erschlaffte, als sie sich

abwandte. Der Mann zog sie in seine Arme und sie ließ sich bereitwillig hineinsinken, wobei ein leises Schluchzen ihren Körper durchzog. Über ihren Kopf hinweg fixierten mich seine unfassbar blauen Augen. Und in dem Moment machte es Klick.

„Sie sind Michael Campbell."

Er neigte den Kopf, sein Blick war unerschütterlich. „Und Sie sind?"

„Audrey Fitzgerald, Delaney Investigations." Ich holte eine Karte aus meiner Handtasche und reichte sie ihm. „Was für ein glücklicher Zufall, dass Sie hier sind."

„Ach ja?"

„Ich muss mit Ihnen sprechen und Sie haben mir gerade den Weg in die Stadt erspart."

Stephanie löste sich aus seiner Umarmung und wischte sich die Tränen aus dem Gesicht. „Warum müssen Sie mit Mikey sprechen? Er hat nichts mit Kiras Verschwinden zu tun."

„Sie haben nicht erwähnt, dass Mr Campbell angeboten hat, Kira unter seine Fittiche zu nehmen und ihr Manager zu sein. Und dass Sie das Angebot abgelehnt haben."

Stephanie versteifte sich. „Woher wissen Sie das?"

Ich versuchte es wieder mit der hochgezogenen

Augenbraue. „Ich bin Privatdetektivin. Dinge herauszufinden, ist mein Job."

„Bill war derjenige, der das Angebot abgelehnt hat", schaltete sich Michael ein. „Was mich betrifft, steht es immer noch. Bill hat seine kleinkarierte Eifersucht nie überwinden können."

„Eifersucht? Worauf?" Als ob es nicht offensichtlich wäre, dass Mikey Campbell ein Adonis und der Traum jeder Frau war. Bill Melendez war zwar zweifellos attraktiv, aber er besaß nicht diese Anziehungskraft.

„Mikey und ich waren mal zusammen", sagte Stephanie und stieß eine Mischung aus Lachen und Verachtung aus. „In der Highschool! Bill kann … er kann einfach nicht glauben, dass ich mich für ihn entschieden habe. Dass ich ihn liebe. Oder dass Mikey und ich Freunde geblieben sind."

„Er glaubt offenbar, dass Steph irgendwann zur Vernunft kommen und erkennen wird, was für ein Loser er ist und zu mir zurückkommt." In Campbells Stimme lag ein neckischer Ton, und die Art und Weise, wie Stephanie ihm einen Schlag auf den Arm verpasste und ihm sagte, er solle die Klappe halten, ließ mich ziemlich sicher sein, dass dies schon seit einiger Zeit ein ständiger Scherz war.

„Sie wollen mir also sagen, dass der Mann, mit

dem Sie ... wie lange verheiratet sind? Sechzehn? Siebzehn Jahre? ... glaubt, dass Sie ihn wegen Ihrer Highschool-Liebe verlassen?" Es musste einen guten Grund geben, warum Bill das dachte. Kein Rauch ohne Feuer und so weiter.

„Fünfzehn Jahre. Wir sind seit fünfzehn Jahren verheiratet."

Ooooh. Eine Mussehe. Ich würde meinen letzten Dollar darauf wetten, dass Stephanie mit Kira schwanger gewesen war, als sie den Bund fürs Leben geschlossen hatten. Der Blick zwischen Stephanie und Campbell entging mir nicht. Ein Blick, der Bände sprach. Ein Blick, der sagte, dass die beiden Geheimnisse teilten. Geheimnisse, die ich ausgraben musste, wenn ich Kira finden wollte.

„Kann ich Sie kurz sprechen?", fragte ich Campbell. „Unter vier Augen."

„Alles, was Sie mir zu sagen haben, können Sie vor ihr sagen." Er nahm Haltung an, die Schultern gingen zurück, der Brustkorb wurde nach außen gestreckt. Ich hätte angesichts dieser prachtvollen Brust fast geseufzt.

„Selbst wenn ich sage, dass ich glaube, dass Bill recht hat – dass Sie tatsächlich immer noch in Stephanie verliebt sind?" Das war reine Spekulation, aber ich sah die Röte auf seinen

Wangenknochen, kurz bevor er ein Pokerface aufsetzte.

„Was? Machen Sie sich nicht lächerlich", rief Stephanie und kehrte hastig hinter den Empfangstresen zurück, wo sie Papiere von einer Seite zur anderen schob. „Mikey und ich sind Freunde. Warum können ein Mann und eine Frau nicht befreundet sein, ohne dass alle anderen etwas hineininterpretieren?"

„Ja, warum eigentlich nicht?", stimmte ich ihr natürlich zu. Schließlich waren Ben und ich beste Freunde und hatten nie eine romantische Beziehung gehabt. Er war wie ein Bruder für mich und ich wie eine Schwester für ihn. Aber bei diesen beiden hier war es anders. Zwischen den beiden stimmte die Chemie. Obwohl ... ich musterte die blonde Frau mit zusammengekniffenen Augen. Konnte sie so ahnungslos sein? Konnte sie wirklich nicht die Liebe sehen, die aus den Augen dieses Mannes strahlte? Augen, die das gleiche strahlende Blau hatten wie die ihrer Tochter?

Ich hatte wohl laut geschnaubt, denn beide starrten mich plötzlich an. Ich schlug eine Hand vor den Mund, erkannte, wie schuldbewusst das wirkte, und ließ sie schnell wieder sinken.

„Entschuldigung. Ich habe mich verschluckt." Um

die Notlüge zu vertuschen, hustete ich, während meine Gedanken herumwirbelten. Der Coach hatte gesagt, die Kinder hätten Kira damit gehänselt, dass Bill nicht ihr Vater sei, weil sie blaue Augen habe. Was wäre, wenn sie die blauen Augen nicht von ihrer Mutter hatte? Was wäre, wenn sie von Michael Campbell stammten? Und was wäre, wenn Michael Campbell seiner Highschool-Freundin den Laufpass gegeben hätte, als sie ihm sagte, dass sie schwanger sei, weil er eine glänzende Zukunft vor sich hatte, eine Football-Karriere, die ihn zu einem Star machen würde? Eine Zukunft, in die kein Kind passte.

„Wissen Sie was?", meinte Campbell. „Ich könnte einen Kaffee vertragen. Und ich weiß mit Sicherheit, dass das einzige Koffein im Ivelisse Day Spa in einem Körperpeeling enthalten ist. Wie wäre es, wenn wir uns in einer halben Stunde im Seaview Café unten an der Promenade treffen?"

Ich nickte. „Dann haben wir jetzt ein Date." *Oh, Mist. Kein Date. Das klang, als würde ich mit ihm flirten.* „Ich meine, kein Date, sondern eine Verabredung." *Verdammt!* Ich drehte mich auf dem Absatz um und rief über die Schulter: „Wir sehen uns dann dort."

Im Seaview Café herrschte zwischen dem Frühstücks- und dem Mittagsbetrieb gerade eine Flaute. Ich hatte mich direkt auf den Weg gemacht, obwohl mir bewusst gewesen war, dass ich zu früh dort sein würde, aber ich brauchte diese Zeit, um meine Gedanken zu ordnen. Und um mir einen zusätzlichen Kaffee zu gönnen. Oder zwei.

Ich setzte mich an einen Fenstertisch mit Blick auf die Bucht. Die Aussicht war atemberaubend und je wärmer die Tage wurden, desto mehr Touristen strömten in unser kleines Örtchen, das genau die richtige Entfernung von der Großstadt hatte: nah genug, um das Wochenende hier zu verbringen, aber zu weit weg, um täglich zu pendeln.

„Audrey, was für ein Glück, dass ich dich hier treffe."

Ich schaute auf und sah Savannah McIntosh vor meinem Tisch stehen – groß, elegant und perfekt gestylt. Ich schob mir eine Strähne des zerzausten Haars hinters Ohr und lächelte. „Hey, Savannah, setz dich doch." Ich zeigte auf den leeren Stuhl gegenüber und sie folgte meiner Einladung. „Was gibt es denn? Und wie laufen die Ermittlungen?"

„Die Ermittlungen sind äußerst aufschlussreich." Sie schüttelte ihr langes, glänzendes Haar über eine Schulter wie die Frauen in der Shampoo-Werbung. Ihr Haar war einfach wunderschön. Verdammt, alles an ihr war wunderschön. „Ich habe gehört, dass du Probleme mit Mills hattest", sagte sie und riss mich damit aus meiner Besessenheit über ihr Haar.

Das hatte ich fast vergessen. Wäre da nicht der Streifenwagen, der vor meinem Haus geparkt hatte und der mir vermutlich in die Stadt gefolgt war. Vor dem Ivelisse Day Spa war die Polizei präsent gewesen und ich war mir sicher, dass ich denselben Streifenwagen auf dem Parkplatz der Strandpromenade sehen würde, wenn ich in diesem Moment nach draußen ginge.

Ich stützte die Ellbogen auf den Tisch. „Es ist schon seltsam, dass er mich entführt hat."

„Oh? Wie kommst du denn darauf?"

„Weil es keinen Sinn ergibt. Meine Entführung würde die Ermittlungen nicht aufhalten und außerdem hatte ich meine Aussage bereits gemacht. Nicht, dass sich eure Ermittlungen einzig und allein darauf stützen. Ich bin nur ein kleines Teil eines viel größeren Puzzles. Warum hat mich Mills dann entführt? Was hatte er vor?"

Sie lehnte sich zurück und taxierte mich. „Kade hatte recht. Du bist gut."

Die Kellnerin kam mit meinem Kaffee und fragte Savannah, ob sie etwas wolle.

„Hättest du etwas dagegen?", fragte sie mich.

„Natürlich nicht. Tu dir keinen Zwang an."

Sie bestellte einen Kaffee, und nachdem die Kellnerin gegangen war, fiel mir wieder ein, was Savannah vorhin über Galloway gesagt hatte.

„Hast du Galloway heute schon gesehen?", fragte ich.

Sie grinste. „Warum nennst du ihn Galloway?"

Ich zuckte mit den Schultern. „Keine Ahnung. So habe ich ihn von Anfang an genannt und das ist irgendwie hängen geblieben." Ich kniff die Augen zusammen. Wich sie meiner Frage aus?

„Nein. Tatsächlich habe ich ihn seit gestern nicht mehr gesehen", sagte sie.

Ich sackte in meinem Stuhl zurück. Sie wich meiner Frage also nicht aus und Galloways Verbleib war immer noch ein Rätsel.

„Warum fragst du?"

Ich atmete hörbar aus. „Weil ich nichts mehr von ihm gehört habe, seit ich gestern das Revier verlassen habe. Was fast vierundzwanzig Stunden her ist. Versteh mich nicht falsch, ich bin keine dieser unselbstständigen Freundinnen, aber ich mache mir Sorgen. Dass er absolut nichts von sich hören lässt, ist nicht normal."

Savannah richtete sich nur ganz leicht auf und die Bewegung war kaum wahrnehmbar. Doch ich bemerkte sie trotzdem. Was bedeutete, dass ich zu recht besorgt war. „Ist etwas mit Galloway passiert?"

Sie streckte beide Handflächen in einer Geste des Friedens aus. „Nicht, dass ich wüsste. Aber falls du dir Sorgen machst, kann ich mich umhören und herausfinden, was da los ist."

Ich nickte. „Bitte tu das. Es ist nicht seine Art, mich nicht zu kontaktieren. Besonders nicht nach Mills' Angriff." Ich schaute aus dem Fenster und sah, wie die Sonne auf dem Meer glitzerte. Idyllisch. Friedlich. Aber mein Gehirn wollte nicht aufhören mit all den Was-wäre-wenn-Fragen. Was wäre, wenn etwas Schreckliches passiert wäre und niemand davon wusste? Wenn niemand sein Fehlen bemerkt hatte? Ich hatte angenommen, dass er mit den internen Ermittlungen beschäftigt war. Aber was, wenn er es nicht wäre? Was, wenn etwas Schreckliches passiert wäre?

Savannah griff über den Tisch und legte ihre Finger auf mein Handgelenk, um meine Aufmerksamkeit wieder auf sie zu lenken.

„Ich verspreche, dass ich mich darum kümmere."

Ich legte den Kopf schief und taxierte sie von oben bis unten. „Was ist eigentlich zwischen euch passiert? Warum habt ihr euch getrennt?"

Sie lachte und lehnte sich zurück. „Er sagte schon, dass du ziemlich direkt bist. Das gefällt mir."

Ich grinste und wartete auf ihre Antwort.

„Hat Kade es dir nicht gesagt?", hakte sie nach.

„Um ehrlich zu sein, kam das Thema Ex-Freundinnen nie zur Sprache. Nicht, bis du in Firefly Bay aufgetaucht bist. Und hör auf, der Frage auszuweichen."

„Du bist klug und hartnäckig. Du solltest Polizistin werden."

„Du solltest aufhören, mich hinzuhalten, und mir antworten. Hat er etwas Schlimmes getan? Oder du?"

„Weder noch. Es war nicht annähernd so

dramatisch. Wir haben einfach gemerkt, dass wir uns als Freunde lieber mochten denn als Liebhaber." Sie zuckte mit den Schultern. „Wir waren nur ein paar Monate zusammen und haben beide ziemlich schnell gemerkt, dass es keinen Funken, kein Feuer gab."

Ich nickte. Fast wie bei Ben und mir, nur dass wir es gar nicht erst mit der Liebesabteilung probiert hatten. Igitt. Aber zumindest hatten Galloway und Savannah ihre Freundschaft vor dem Untergang bewahrt.

„Er ist glücklich mit dir", sagte Savanna und riss mich aus meinen Gedanken. „Die Art, wie er plötzlich aufleuchtet, wenn er von dir spricht? Das habe ich bei ihm noch nie gesehen. Du tust ihm gut."

„Und er tut mir gut", erwiderte ich mit der Eloquenz einer Zwölfjährigen und warf den Salzstreuer um, mit dem ich herumgefummelt hatte. Ich stellte ihn hastig wieder auf und grinste sie an. „Hat er dir auch gesagt, dass ich unglaublich ungeschickt bin?"

Ihre Lippen kräuselten sich, ihre weißen Zähne blitzten in einem amüsierten Lächeln auf. „Ja, vielleicht hat er das tatsächlich erwähnt."

„Das ist Fluch und Segen und Fluch", meinte ich seufzend.

„Wie das?"

In den nächsten zwanzig Minuten erzählte ich Savannah Geschichten über meine Eskapaden, die nicht enden wollenden Bemühungen meiner Schwägerin Amanda, mich zu heilen, und über meine wilde Familie im Allgemeinen. Die Wahrheit war, dass ich Savannah mochte. Es war einfach, mit ihr zu reden. Sie vermittelte mir ein gutes Gefühl, als würde sie mir zuhören – wirklich zuhören. Kein Wunder, dass sie so eine gute Polizistin war.

„Warum bist du zur Dienstaufsichtsbehörde gewechselt?", fragte ich. Zuvor war sie Detective gewesen und hatte mit Galloway zusammengearbeitet. Warum wollte man plötzlich nicht mehr mit der Polizei zusammenarbeiten, sondern gegen sie ermitteln?

„Ich habe zu viel gesehen." Ihre Mundwinkel zogen sich nach unten und nun war sie an der Reihe, mit dem Salzstreuer zu spielen. „Zu viel Korruption. Schmiergelder. Kriminelle, die Geschäfte mit der Polizei machen, damit sie nicht ins Gefängnis müssen. Davor konnte ich die Augen nicht mehr verschließen. Als ich das der Dienstaufsichtsbehörde meldete, stellte ich fest, dass diese völlig unterbesetzt war. Und die Hälfte der Leute wollte gar nicht dort sein. Sie waren versetzt worden, weil sie sich bei der Arbeit verletzt hatten und als untauglich für den aktiven Dienst eingestuft worden waren. Also hatte man sie zur Innenrevision versetzt, wo sie aber nicht hinwollten. Sie wollen keine Nachforschungen über ihre Kollegen anstellen oder hinter einem Schreibtisch festsitzen. Zum Teufel, einige von ihnen sind vielleicht sogar selbst korrupt."

„Du hast dich also freiwillig versetzen lassen?"

Sie schmunzelte. „Jepp. Und ich bereue es nicht."

„Und es stört dich nicht, dass andere Polizisten die Interne für Abschaum halten?"

Ihr Lächeln wurde breiter. „Ich habe die Erfahrung gemacht, dass diejenigen, die das wirklich denken, meist etwas zu verbergen haben."

„Gutes Argument."

„Da bist du ja!" Ben näherte sich unserem Tisch, sein Blick wanderte von mir zu Savannah und verweilte dort. „Wo bist du gewesen?"

„Genau hier", antwortete ich, wohl wissend, dass er nicht wirklich eine Antwort erwartete. Ihm fielen fast die Augen aus dem Kopf, als er die elegante Schönheit von Savannah McIntosh bewunderte.

„Genau hier was?", fragte Savannah, und da wurde mir klar, dass ich laut mit Ben gesprochen hatte, ohne es zu merken. *Mist.*

„Entschuldigung. Ich habe mit mir selbst geredet. Das mache ich manchmal", erklärte ich.

„Sehr oft", schaltete sich Ben ein.

„Sehr oft", fügte ich hinzu.

Savannah lehnte sich zurück und betrachtete mich mit Argusaugen. Wie viel hatte Galloway ihr eigentlich über mich erzählt? Er hatte ihr doch nicht von Ben erzählt oder davon, dass ich mit Geistern sprechen konnte, oder?

Savannah schaute auf ihre Uhr. „Ich muss zurück. Danke für den Kaffee und das Gespräch."

„Dito."

Ben und ich sahen zu, wie sie mit ihren langen Beinen in sicheren Schritten allmählich aus unserem Blickfeld verschwand. Ich hielt mein Handy ans Ohr und nickte mit dem Kopf in Richtung des Stuhls, den Savannah gerade freigemacht hatte, und Ben ließ sich darauf fallen.

„Und?", fragte ich. „Hast du Galloway gefunden?"

Ich war darauf gefasst, dass er mir sagen würde, dass Galloway die ganze Nacht auf dem Revier durchgearbeitet hatte und alles in Ordnung war. Ich war nicht darauf vorbereitet, was er tatsächlich sagte.

„Nein, habe ich nicht. Und in seiner Wohnung sieht es so aus, als hätte es einen Kampf gegeben."

„Wie bitte?“

„Ja. Der Couchtisch war zertrümmert.“

„War da … Blut?“

Ben schüttelte den Kopf. „Nein. Galloway ist nicht kampflos untergegangen, aber ich glaube, dass etwas passiert ist.“

„Könnte das etwas mit Mills zu tun haben? Er hat meine Entführung vermasselt und stattdessen Galloway entführt?“

„Also ich halte es für sehr unwahrscheinlich, dass er Galloway überrumpeln könnte. Vor allem, wenn du ihm die Finger gebrochen hast.“

„Vielleicht habe ich das ja nicht. Vielleicht sind sie nur geprellt.“

„Trotzdem tut es höllisch weh, wenn man sich die Finger am Kofferraum eines Autos zerquetscht hat. Ich bezweifle, dass man sich gleich danach in eine Schlägerei stürzen würde. Und wenn Mills etwas Grips besitzt, ist er untergetaucht, sobald er gemerkt hat, dass du ihn ausgetrickst hast. Und außerdem hat Galloway deine Anrufe schon nicht beantwortet, bevor Mills versucht hat, dich zu entführen.“

Gutes Argument. Ich schloss ihn nicht gänzlich aus, aber wenn Mills Galloway nicht verschleppt hatte, wer dann? Und warum?

„Ich sollte Savannah anrufen und ihr davon erzählen." Ich ließ das Handy sinken und wollte gerade ihre Nummer eingeben, als Ben mich aufhielt.

„Und wie genau willst du ihr das erklären? Dass du noch vor wenigen Minuten mit ihr hier gesessen und dann eine Vorahnung gehabt hattest, dass in Galloways Wohnung eingebrochen wurde und er verschwunden ist?"

„Nun, so würde ich es nicht ausdrücken", fuhr ich ihn an. „Sie weiß bereits, dass ich mir Sorgen um ihn mache und dass wir seit vierundzwanzig Stunden keinen Kontakt mehr hatten. Sie wird der Sache auf den Grund gehen und herausfinden, woran er gearbeitet hat."

Ben nahm die Hand von meinem Handgelenk, was ein Segen war, denn seine unsichtbare Berührung war kalt wie Eis. „Gut. Das ist gut."

„Miss Fitzgerald?"

Ich schaute auf und sah einen großen, dunklen und gut aussehenden Mann an meinem Tisch stehen. Ich blinzelte und genoss die Aussicht, bis mir plötzlich einfiel, dass wir verabredet waren. Und hier saß ich und führte Selbstgespräche.

„Hey." Ich setzte ein breites Lächeln auf und sah

zweifellos wie eine Verrückte aus. „Setzen Sie sich. Danke, dass Sie sich mit mir treffen.“

Michael Campbell setzte sich auf den Platz, auf dem vorhin Savannah gesessen hatte. Zum Glück war Ben aufgestanden, sodass Michael nicht wirklich auf ihm saß. Ich hasste es, wenn das passierte, weil ich meine Reaktion nie verbergen konnte. Ein absoluter Horror.

„Ich tue alles, um Steph zu helfen, ihre Tochter zurückzubekommen.“

„Sie sind zusammen zur Schule gegangen?“

„Sie haben Ihre Hausaufgaben gemacht.“

„Natürlich.“

„Wie kann ich helfen?“

„Erzählen Sie mir von Ihrem Angebot, Kira Melendez‘ Sportkarriere zu managen. Und warum Bill Melendez es abgelehnt hat.“

Michael verdrehte die Augen. „Der Typ ist ein unsicherer Idiot.“

„Weil er nicht Kiras Vater ist?“, hakte ich nach.

Michael warf die Arme in die Luft. „Oh Mann, nicht auch noch Sie. Dieses Gerücht lässt sich einfach nicht ausrotten. Ständig gibt es neue Brandherde und es ist ein ständiger Kampf, sie zu löschen.“

Mir fiel auf, dass er es nicht abstritt. Interessant.

„Lassen Sie mich Ihnen eine Lektion in Genetik geben. Stephanie ist eine blonde, blauäugige Kaukasierin. Bill ist ein Mexikaner mit olivfarbenem Teint und braunen Augen. Die Chancen stehen fünfzig zu fünfzig, dass Kira blaue Augen haben wird", sagte er.

„Ja, aber es gibt blaue Augen und es gibt blaue Augen. Stephanies sind zwar blau, aber sie haben kein helles, leuchtendes Blau. Und Ihre? Ihre erinnern an Saphire. Genauso wie Kiras."

„Haben Sie schon einmal daran gedacht, dass Kiras Augen vielleicht wegen ihrer *olivfarbenen* Haut so hell aussehen? Dass es an dem Kontrast liegt?"

Olivfarbener Teint. Am liebsten hätte ich mir gegen die Stirn geschlagen. Wenn Kira Stephanies und Michaels Tochter war, woher stammte dann ihr olivfarbener Teint? Denn Campbell war zwar braun gebrannt, aber seine Hautfarbe war eindeutig kaukasisch.

„Okay, Sie sind also nicht Kiras Vater", räumte ich ein. „Warum hat Bill denn dann Ihr Angebot abgelehnt, Kira zu managen?"

„Wie ich schon sagte, er ist ein unsicherer Idiot."

„Aber warum ist er unsicher? Stephanie und Sie waren in der Highschool zusammen. Das ist Jahre her. Warum stört ihn das selbst heute noch?"

„Das müssen Sie ihn fragen." Er drehte den Kopf und hob den Arm, um der Kellnerin zuzuwinken. „Noch einen?" Er nickte in Richtung meiner leeren Tasse.

„Klar, warum nicht?" *Oh, ich weiß nicht, vielleicht weil du schon zwei Kaffee kurz hintereinander hattest und ein dritter dich auf die Palme bringen und wie ein tollwütiges Eichhörnchen zucken lassen könnte.*

Während Campbell sich mit der Kellnerin unterhielt, taxierte ich ihn von oben bis unten. Ja, er war ein gut aussehender und äußerst erfolgreicher Geschäftsmann, aber ich hatte etwas in seinen Augen aufblitzen sehen, als ich ihn nach Bill gefragt hatte. Kurz bevor er sein Pokerface wieder aufgesetzt hatte. Und ich erkannte das Ablenkungsmanöver, die Kellnerin herbeizurufen, um meine Fragen zu unterbrechen. Hinter der Dreiecksbeziehung zwischen Stephanie, Bill und Campbell steckte mehr, und ich war fest entschlossen, der Sache auf den Grund zu gehen.

Beim Kaffee besprachen wir den Vertragsvorschlag, den Campbell Kira unterbreitet hatte. Er würde sie mit Sicherheit auf den Weg zu den Olympischen Spielen bringen. Obwohl Bill dem Ganzen einen Riegel vorgeschoben hatte, hatte

Campbell das Angebot auf unbestimmte Zeit freigehalten.

„Kira will bestimmt, dass ihr Vater zustimmt." Ich nahm meine Tasse in die Hand und nahm einen Schluck, wobei ich das leichte Zittern bemerkte. Allmählich setzte die Wirkung des Koffeins ein. Ich stellte die Tasse hastig wieder ab, bevor ich den Inhalt verschüttete. „Warum kann Stephanie ihn nicht unterschreiben?"

„Kira ist minderjährig. Also müssen beide Elternteile den Vertrag unterschreiben. Darum müssen sie sich in ihrem Ziel einig sein."

„Aber Bill *möchte* doch, dass seine Tochter zu den Olympischen Spielen kommt und Gold für ihr Land gewinnt."

„Natürlich will er das", stimmte Campbell zu. „Nur nicht mit mir."

Und wieder waren wir bei der persönlichen Beziehung zwischen den drei Erwachsenen.

„Haben Sie in letzter Zeit etwas von Kira gehört? Sie hat Sie nicht angerufen, Ihnen eine E-Mail geschickt oder angedeutet, dass sie sich mit Ihnen treffen will?"

Er schüttelte den Kopf. „Nein."

Ich lehnte mich in meinem Stuhl zurück und hielt meine Kaffeetasse in den Händen. Die Dinge passten nicht zusammen und ich hasste es, wenn das passierte. Kira war weggelaufen, aber ich konnte mir nicht erklären, warum. Ja, ihr Freund hatte sie mit ihrer besten Freundin betrogen, aber Kira hatte ihm bereits den Laufpass gegeben. Und vermutlich wusste sie nichts von dem Betrug. Und selbst wenn, warum sollte sie weglaufen? Kira wirkte auf mich nicht wie ein übertrieben emotionaler, hormongesteuerter Teenager.

„Sie sind gut mit Stephanie befreundet?", unterbrach ich das Schweigen, das sich zwischen uns eingestellt hatte.

„Mmmhmm."

„Wie läuft es zu Hause? Redet sie mit Ihnen über Bill?" Es war ein Versuch. Würde sich eine Frau einem Ex-Freund über ihre aktuellen Eheprobleme anvertrauen? Möglicherweise.

Er hob eine Schulter. „Der Typ mag ein Idiot sein, aber sie liebt ihn, und solange Steph glücklich ist, ist das alles, was mich interessiert. Aber wenn er ihr weh tut, wenn er ihr das Herz bricht ..." Er brach ab und die unausgesprochene Drohung lag in der Luft.

„Werden Sie was? Hereinspazieren und den Helden spielen? Sind Sie immer noch in sie verliebt?"

Er leerte seinen Kaffee in einem Zug und stellte die Tasse mit präzisen Bewegungen auf dem Tisch ab. „Wir sind hier fertig."

„Das sind Sie, nicht wahr?" Ja, das war er. Es stand überall in seinem Gesicht geschrieben: das zornige Verziehen seines Mundes, die Röte auf seinen Wangenknochen, die Art, wie sich seine Hände zu Fäusten ballten. Er war aufgestanden und kramte in seiner Brieftasche. Dann warf er ein paar Scheine auf den Tisch und ging ohne ein weiteres Wort davon.

Ich sah ihm nach, als er ging, und hatte ein wenig Mitleid mit ihm. Ich fragte mich, ob Stephanie ahnte, dass er immer noch so viel für sie empfand. Bill war kein Idiot, sondern ein kluger Mann, der wusste, dass Campbell in den Startlöchern stand, um ihm die Frau wegzunehmen, sollte er jemals einen Fehltritt begehen. Aber was hatte das alles mit Kiras Verschwinden zu tun?

Ich stand auf und presste sofort die Knie zusammen, als die Schwerkraft die Oberhand über meine Blase gewann. Drei Kaffee kurz hintereinander konnten einer Frau das antun. Ich eilte zur Toilette und ignorierte das Stechen im Knöchel, das mich bei jedem Schritt daran erinnerte, dass ich noch nicht vollständig wiederhergestellt war, und wäre fast auf dem Hintern gelandet, als ich mit jemandem zusammenstieß und mit einem *Huch* nach hinten taumelte.

„Ups! Tut mir leid, ich habe nicht darauf geachtet, wo ich hingehe."

Ashley Baker hielt mich am Arm fest, damit ich nicht umfiel, und ihre langen blonden Dreadlocks schwangen nach vorne. Ashley gehörte der New-Age-Laden Nine an der Strandpromenade und hatte mir einmal eine unglaubliche Massage gegeben, als ich mich nach einem Überschlag mit meinem Auto verletzt hatte. Bens Auto. Der Wagen hatte einen Totalschaden erlitten und ich hatte mir dabei ziemlich spektakuläre Prellungen zugezogen. Doch Ashley und ihre heilenden Öle und Hände hatten Wunder bewirkt.

„Kein Problem." Ich grinste, während ich mich um sie herum schob. Der Gang zur Toilette war zu diesem Zeitpunkt bereits etwas dringlich und meine Beckenbodenmuskeln protestierten vehement.

„Audrey, warte." Ashley hielt meinen Arm fest. „Was ist denn los mit dir? Deine Aura ist ja völlig aus dem Gleichgewicht geraten."

Ich beugte mich vor und zischte: „Ich muss wirklich dringend pinkeln."

„Oh. Richtig, sorry."

Sie ließ meinen Arm los und ich eilte davon, wobei ich über die Schulter rief: „Schön, dich zu sehen, Ashley. Ich komme vielleicht im Nine vorbei und kaufe noch mehr von diesen Massageölen."

„Ja, klar." Sie winkte mir zu und ging weiter zur Kasse, während ich mit zusammengekniffenen Knien halb rennend, halb wie eine Ente watschelnd in die Toilette stürmte. Zum Glück gab es keine Warteschlange!

Ben folgte mir. Nicht in die Kabine, sondern nur in den Vorraum. Ich konnte seine Füße unter der Tür sehen.

„Wir haben also nicht nur einen vermissten Teenager, sondern auch einen vermissten Freund", sagte er.

„Was? Wer?" *Sag mir jetzt nicht, dass Rowan auch verschwunden ist.*

„Ich rede von Galloway, du Dummkopf."

„Oh." Ich räusperte mich. „Okay." Natürlich hatte ich das gewusst. „Nun … Kira ist meine Priorität. Galloway kann auf sich selbst aufpassen." Nicht, dass ich mir keine Sorgen gemacht hätte. Das tat ich. Aber Galloway war ein Polizist. Er hatte eine Ausbildung und eine Reihe von Kollegen, die nach ihm suchen würden, falls sie es nicht schon taten. Ich hatte Savannah alarmiert, dass etwas nicht in

Ordnung war, und wenn er nicht zur Arbeit erschien, würde jemand nach ihm suchen. Sie würden dasselbe vorfinden wie Ben. Anzeichen eines Kampfes. Und dann würden sie mit der Suche beginnen. Ich musste darauf vertrauen, dass sie ihn gesund und munter finden würden. Über etwas anderes dürfte ich nicht nachdenken. *Es geht ihm gut,* war ein Mantra, das ich mir im Geiste immer wieder vorsagte.

Aber Kira? Ich war mir nicht sicher, ob bei ihrem Verschwinden ein Verbrechen im Spiel war, aber ich konnte es nicht ausschließen. Wo auch immer sie hingegangen war, sie hatte es freiwillig getan. Aber ihr Verhalten war nicht normal. Ihren Eltern nicht zu sagen, wohin sie ging, nicht nach Hause zu kommen, Schule und Training zu schwänzen? Alle, mit denen ich gesprochen hatte, hielten das nicht für normal.

„Um die Wahrheit zu sagen", erklärte ich Ben, „ich bin ratlos. Die einzige gute Nachricht ist, dass sie nicht tot ist."

„Woher weißt du das?"

„Kein Geist. Bei jedem Fall, in dem ich ermittelt hatte und bei dem es eine Leiche gab, war der Geist des Opfers dabei. Aber bisher habe ich die geisterhafte Kira noch nicht gesehen, was mir sagt, dass sie noch lebt." Noch.

Ben lief auf und ab. „Das ist gut. Nicht tot. Aber was ist, wenn sie gegen ihren Willen festgehalten wird?"

„Es sieht nicht so aus, als hätte sich jemand das Mädchen geschnappt", meinte ich, als ich fertig war und die Toilette spülte. „Sie wurde nicht gekidnappt. Sie ist weggelaufen."

„Ein Entführer hätte es auch so aussehen lassen können."

„Du glaubst, dass jemand in ihr Haus eingebrochen ist, die Schulbücher aus ihrem Rucksack heraus und Kleidung hineingestopft hat, damit es so aussieht, als wäre sie weggelaufen? Und dann hat derjenige was getan? Sie sich geschnappt? Aber niemand hat Kontakt mit Steph oder Bill aufgenommen. Keine Lösegeldforderung."

Als ich die Tür zur Kabine aufriss, stand ich Lacey Stevens gegenüber.

„Oh!" Ich blinzelte überrascht. „Hey, Lacey." Ich warf Ben einen wütenden Blick zu. Er hätte mich warnen können, dass jemand reingekommen war. Er winkte mir jedoch nur freundlich grinsend zu und wenn er nicht schon tot gewesen wäre, hätte ich ihn nur zu gern umgebracht.

„Audrey, führen wir mal wieder Selbstgespräche?" Lacey zog eine Augenbraue hoch und schob sich an mir vorbei. Lacey war Ende vierzig und stand auf jüngere Männer. Ich hatte in einem früheren Fall mit ihr zu tun gehabt, als ihre beste Freundin gestorben war und ich herausgefunden hatte, dass Lacey mit deren Sohn zusammen gewesen war.

„Lacey. Spähen wir mal wieder die Konkurrenz aus?", schoss ich zurück. Lacey war außerdem Küchenchefin im Firefly Bay Hotel.

„Natürlich. Man muss auf dem Laufenden bleiben und das geht am besten, wenn man als Gast andere Restaurants und Cafés besucht. Es sind nicht nur die Speisen, sondern auch der Service und das Ambiente, die das Essen zu einem guten Erlebnis machen. Oder auch nicht." Sie schloss die Tür der Kabine und ich hörte, wie das Schloss einrastete.

Ich wusch mir hastig die Hände, trocknete sie ab und ging hinaus, das Telefon ans Ohr gepresst.

„Du hättest mich warnen können", sagte ich zu Ben, der neben mir herging, die Hände in den Hosentaschen.

„Wo bliebe da der Spaß?", stichelte er. Ich stieß ihn mit dem Ellbogen in die Seite, was nichts anderes bewirkte, als dass ich das Gleichgewicht verlor und taumelte, während ich vor dem eisigen Gefühl zurückwich. Er lachte. Jeder, der mich sah, musste mich für eine Närrin halten.

Draußen auf der Promenade hielt ich einen Moment inne und genoss die Wärme der Sonne und den Geruch des Meeres. „Was für ein schöner Tag", seufzte ich.

„Oh ja." Ben lehnte sich gegen das Geländer und schaute ins Wasser.

Ich schloss mich ihm an und sah zu, wie die Wellen gegen die Holzpfähle der Uferpromenade schwappten. Schon bald würde der Sommer kommen … und mit ihm faule Tage mit Eiscreme. Das war etwas, das Ben und ich uns oft gegönnt hatten, und es machte mich traurig zu wissen, dass wir nie wieder zusammen Eis essen würden.

Ein kalter Schlag gegen meinen Brustkorb verriet mir, dass er mich gerade angestupst hatte. Ich drehte den Kopf und starrte ihn an.

„Du tust es schon wieder", sagte er.

„Was?"

„Sentimental werden. Sei nicht traurig. Ich bin immer noch hier."

„Aber du bist nicht wirklich hier."

„Ein bisschen hier ist besser als kein bisschen hier."

„Stimmt."

„Es wird leichter", versprach er.

„Wird es das wirklich?"

Er lächelte mich an. „Ja. Natürlich. Denn das hier", er wedelte mit der Hand in der Luft herum, „ist eine Premiere. Alles, was bisher geschah, war eine Premiere. Dein erster Winter ohne mich. Das erste Weihnachten ohne mich. Der erste Frühling ohne mich. Nächstes Jahr wird es einfacher sein."

Das hoffte ich, denn ich vermisste meinen besten Freund schrecklich. Mein Herz schmerzte ständig über den Verlust. Aber er hatte recht. Ein Geister-Ben war besser als gar kein Ben.

„Oh, hallo noch mal, Audrey. Wartest du auf mich?" Ashley Baker kam mit einem leichten Klimpern auf mich zu, das jeden ihrer Schritte begleitete. Ich schaute nach unten. Unter ihrem langen, fließenden Rock trug sie ein Fußkettchen mit einem Dutzend kleiner Glöckchen.

„Ähm." Natürlich nicht. „Sicher." Ich könnte mir auch gleich noch eine Flasche des Massageöls mitnehmen, mit dem sie mich letztes Mal massiert hatte. Vielleicht heilte mein Knöchel dadurch ein wenig schneller.

„Komm rein."

Ich folgte ihr zur Eingangstür des Nine, die

verschlossen war und an deren Scheibe ein Schild ‚Bin in fünf Minuten zurück' hing. Sie schloss die Tür auf und ließ mich hinein. Nichts hatte sich verändert, abgesehen von der seltsamen Auslage, die nun verschiedene Produkte enthielt.

„Wie ist es dir denn in letzter Zeit so ergangen, Ashley?", fragte ich, während ich die Regale durchstöberte, wobei sie mich beobachtete und ab und zu einen Schluck aus ihrem Becher nahm. Ich mochte Ashley. Mir gefiel ihre Unangepasstheit. Sie trug, was sie wollte – heute war es ein grüner, knöchellanger Rock, ein Batik-Tanktop in einer Mischung aus Blau, Grün und Gelb und eine fuchsiafarbene Strickjacke, die sie in der Taille geknotet hatte. Unter einem Ärmel der Strickjacke konnte ich einen Blick auf ihre Tätowierungen erhaschen.

Sie warf ihre hüftlangen Dreadlocks über ihre Schulter. Heute trug sie sie locker. An manchen Tagen waren sie hoch auf ihrem Kopf aufgestapelt und mit einem Schal umwickelt, damit sie nicht herunterfielen. „Hier ist alles Ordnung. Ermittelst du wieder in einem Fall?" Sie hielt abrupt inne und holte tief Luft. „Ist jemand gestorben?"

„Ja, ich bin an einem Fall dran, aber nein, es ist

niemand gestorben", beruhigte ich sie. „Eine Person wird vermisst."

„Oh, jemand, den ich kenne?"

Ich schaute mich in dem New-Age-Laden mit seinen Kerzen, Kristallen und Räucherstäbchen um. Ich bezweifelte zwar, dass Kira für solche Gegenstände Verwendung hatte, aber einen Versuch war es wert. „Kira Melendez. Kennst du sie?"

„Melendez? Der Name kommt mir bekannt vor." Sie tippte sich auf die Lippe, die Augen zur Decke gerichtet, und ich konnte praktisch sehen, wie sie im Geiste ein Rolodex durchblätterte und suchte.

„Die Tochter von Stephanie und Bill", fügte ich hinzu.

Sie schnippte mit den Fingern. „Ja, natürlich. Stephanie hat doch gerade diesen neuen Schönheitssalon eröffnet, Ivelisse, richtig?"

„Ja, genau."

„Sie macht ihren Job richtig gut. Die Renovierung ist sehr schön geworden und ich habe gehört, dass das Geschäft gut läuft."

„Das hast du gehört?" Ich hielt inne, als ich einen Kristall studierte, und stellte ihn vorsichtig zurück ins Regal.

„Natürlich. Wir stehen nicht in direkter

Konkurrenz zueinander, aber wir sind beide in der Gesundheits- und Wellnessbranche tätig."

Okay. Das hatte ich nicht bedacht. Im Ivelisse gab es zwar Kerzen, Weihrauch und Entspannungsmusik, ähnlich wie das, was ich aus den Lautsprechern an der Rückseite vom Nine hören konnte.

„Ich weiß, dass Holly ein wenig verärgert war, weil ein weiteres Spa eröffnet wurde", fuhr Ashley fort. „Du willst das Massageöl gegen Muskelverspannungen, oder?"

„Ähm, ja, bitte. Und wer ist Holly?"

„Holly Wilson. Ihr gehört das Divine Delights Spa & Resort. Ich weiß nicht, warum sie wegen Stephanies Spa so angespannt war. Holly bietet etwas ganz anderes an. Dort fährt man für eine Nacht oder ein ganzes Wochenende hin und taucht in eine andere Welt ein. Massagen, Yoga, Gesichtsbehandlungen. Und ihre Brautpartys laufen richtig gut. Bei Stephanie gibt es so etwas nicht. Ihr Spa hat ganz normale Öffnungszeiten."

Ich erinnerte mich, wo ich Hollys Namen schon einmal gehört hatte. Er hatte auf einem zerknitterten Flugblatt in Kiras Schublade gestanden. Stephanie hatte gemeint, dass sie alle örtlichen und nicht so örtlichen Spas besucht habe, um die Konkurrenz auszuloten. Wir hatten das Flugblatt in Kiras Schublade als Irrläufer abgetan, der in einen Haufen Fast-Food-Speisekarten geraten war, aber jetzt fragte ich mich, ob vielleicht nicht mehr dahintersteckte.

„Hier, bitte sehr." Ashley stellte eine kleine braune Flasche auf den Tresen. „Kann ich dir sonst noch etwas Gutes tun?" Sie schaute mich an und musterte mich von oben bis unten. „Eine Aura-Reinigung vielleicht?"

Ich zog eine Grimasse. „Mir geht es gut." Nachdem ich meinen Einkauf bezahlt hatte, ging ich zu Ben nach draußen. Er stützte sich mit den Ellbogen auf der Brüstung ab und betrachtete das Ladengeschäft neben dem Nine. Er stand leer und in seinem Schaufenster prangte ein ‚Zu vermieten'-Schild. Zuvor war es ein Hellseherladen gewesen, Nether & Void, aber die Besitzerin – und angebliche Hellseherin – war ermordet worden. Seitdem standen die Räume leer.

„Das ist eine erstklassige Immobilie", sagte ich. „Ich hätte gedacht, dass sich jemand den Laden längst geschnappt hätte."

Ben seufzte. „Niemand will einen Laden mieten, in dem eine Frau ermordet wurde. Schlechtes Karma."

„Nun, wir wissen, dass es dort nicht spukt. Myra ist hinübergegangen." Myra Hanson war die Hellseherin gewesen, die ihren eigenen Tod nicht kommen gesehen hatte. Ihr Geist hatte noch hier herumgegangen, während wir ihre Ermordung untersucht hatten, aber sobald ich den Schuldigen entlarvt hatte, war Myra weitergezogen.

„Hast du dein Öl bekommen?", fragte Ben und setzte sich ebenfalls in Bewegung, als ich auf der Promenade in Richtung Parkplatz ging.

„Jepp. Dieses Zeug hilft wirklich bei Muskelkater und Blutergüssen. Ich sollte mir eine Flasche auf Vorrat besorgen."

„Du solltest eine ganze Kiste von dem Zeug bestellen."

„Ha ha." Scheinbar steckte in jedem ein Komiker.

Ich war gerade von der Holzpromenade auf den Asphalt des Parkplatzes getreten, als das Polizeifahrzeug, das zu meinem Schutz abgestellt worden und zwei Plätze hinter meinem Auto geparkt war, seine roten und blauen Blinklichter einschaltete, die Sirene aktivierte und mit hoher Geschwindigkeit vom Parkplatz fuhr.

„Ich frage mich, was das soll?"

Es war eine rhetorische Frage, aber Ben antwortete trotzdem. „Keine Ahnung."

Vielen Dank, Ben. Sehr erhellend.

Während ich nach Hause fuhr, dachte ich nicht weiter über das Polizeiauto nach. Stattdessen dachte ich an Kira Melendez, ihre Eltern, Michael Campbell und nun auch an Holly Wilson.

„Ich greife wahrscheinlich nach einem Strohhalm", sagte ich und klopfte auf das Lenkrad, während ich mit Autopilot durch die Straßen fuhr.

„Welchen Strohhalm?", fragte Ben.

„Die ganze Sache mit Holly Wilson", seufzte ich. Gab es einen Zusammenhang?

„Wer ist Holly Wilson? Welche Sache?"

„Oh, richtig. Du warst nicht dabei. Also, ich habe einen Flyer für eine Schönheitsfarm gefunden, die von Holly Wilson geleitet wird. Er steckte in Kiras Schublade. Stephanie glaubt, dass er sich in einem Stapel von Speisekarten verfangen hat und dass Kira ihn nicht absichtlich in ihre Schublade gelegt hat."

„Okay." Sein Tonfall verriet, dass er auf den Rest wartete, denn was ich ihm bisher erzählt hatte, war nicht im Geringsten erhellend.

„Aber ich habe gerade mit Ashley geplaudert. Sie hat Hollys Namen erwähnt und meinte, dass Holly anscheinend ziemlich nervös war, weil Stephanie ein neues Spa eröffnet hat."

„Alles klar. Und du fragst dich jetzt, ob es da eine Verbindung gibt."

Ich zuckte mit den Schultern. „Das ist ziemlich wenig. Möglicherweise ist es nichts, aber ich füge es der Datei hinzu. Stephanie besuchte Hollys Spa im Rahmen ihrer Recherchen. Vielleicht ist etwas passiert. Vielleicht gibt es böses Blut zwischen ihnen."

„Und dann? Hat Holly Kira aus Rache entführt?", spottete Ben, da er die ganze Idee offensichtlich für lächerlich hielt. Und er hatte recht. Was wäre also, wenn es böses Blut gäbe? Ich konnte nicht glauben, dass Holly die Tochter ihrer Rivalin entführen würde. Duellierende Gesichtsbehandlungen vielleicht, aber keine Entführung.

# KAPITEL 12

Die auf dem Flurboden verstreuten Kräcker waren das erste Anzeichen dafür, dass etwas nicht in Ordnung war. Ich wühlte mich durch die Käsesnacks und machte mich auf den Weg in den hinteren Teil des Hauses, wo sich der offene Wohn-, Ess- und Küchenbereich befand. Und wo der zweite Teil von Armageddon stattgefunden hatte.

„Bandit! Thor!", rief ich, während ich meine Tasche auf die Kommode warf und die Hände in die Hüften stemmte.

„Oha!", sagte Ben. „Bandit ist in die Speisekammer eingedrungen."

Offenbar lernte ich gerade etwas Neues: Waschbären konnten Türen öffnen. Denn ich wusste genau, dass die Tür der Speisekammer geschlossen gewesen war. Ich hielt sie stets geschlossen, um Thor fernzuhalten. Kopfschüttelnd bahnte ich mir einen Weg durch die aufgerissenen Nudel- und Mehltüten, halb aufgegessenen Kekspackungen und eine angeknabberte Kokosnuss. Als ich die offene Tür der Speisekammer erreichte, schaltete ich das Licht ein.

Thor blinzelte mir aus dem dritten Regal verschlafen zu, wo er sich an die Kartoffeln gekuschelt hatte. Ich suchte nach Bandit, konnte sie aber nicht sehen.

„Wo ist Bandit?", wollte ich wissen.

„Sie ist hier irgendwo." Thor gähnte.

„Ich bin hier!" Bandit tauchte hinter dem Mixer auf dem untersten Regal auf.

Ich beäugte die pelzigen Viecher, die sich offensichtlich von den Auswirkungen eines Essenskomas erholten. „Neue Regel. Keine Speisekammer. Niemals."

„Was ist eine Speisekammer?", fragte Bandit, während Thor die Augen schloss und wieder einschlief.

„Das hier" – ich fuchtelte mit dem Arm in der Luft herum – „ist eine Speisekammer. Dort bewahre ich das Essen auf. Menschliches Essen. Und wenn wir schon dabei sind: Der Kühlschrank ist ebenfalls tabu.“

„Was ist ein Kühlschrank?“

„Dieser große Metallkasten dort drüben. Wo das Huhn drin ist. Und Eier“, murmelte Thor.

„Gibt es da auch Mangos?“, fragte Bandit. „Ich konnte hier keine finden.“ Sie kam aus ihrem Versteck hinter dem Mixer hervor. Ihr Bauch war kugelrund. Ich hoffte inständig, dass es am Essen lag und nicht an … Babys.

Seufzend schnappte ich mir den Besen und scheuchte die beiden nach draußen, während ich mich daran machte, die Sauerei, die sie angerichtet hatten, aufzuräumen. Doch das Putzen von Böden und das Rausbringen des Mülls hatte etwas Kathartisches. Es gab mir Zeit zum Nachdenken. Während ich putzte, dachte ich über die Familie Melendez nach, und mir fiel etwas ein. Ich hatte mich nicht eingehend mit ihrem Hintergrund befasst, sondern nur die Oberfläche gestreift. Zunächst einmal: Wie hatte Stephanie das Ivelisse Day Spa finanziert? Bill besaß eine Landschaftsgärtnerei, aber es war ein relativ kleines Unternehmen. Ich bezweifelte, dass er genug Eigenkapital in seinem Unternehmen hatte, um ihres zu finanzieren. Hatten sie eine Hypothek auf das Haus aufgenommen?

Als ich mit dem Putzen fertig war, pochte mein Knöchel, der Koffeinrausch war verflogen und ich hatte eine Einkaufsliste erstellt, auf der all die Sachen standen, die die beiden Terroristen ruiniert hatten. Ich hatte den Verdacht, dass Bandit dafür verantwortlich war. Thor wusste es zwar besser, machte aber aus reinem Vergnügen mit … und weil er sich nicht die Leckerlis entgehen lassen wollte, die sie beide mochten.

Ich ließ mich in meinen Bürostuhl fallen, stützte meinen Knöchel auf die Ecke des Schreibtisches und begann, die Finanzen der Melendez' zu durchforsten. Ich musste nicht lange suchen. Offensichtlich hatte Stephanie Melendez einen Partner im Spa. Interessant, dass sie das nicht erwähnt hatte.

Ich nahm den Hörer ab und rief sie an. „Warum haben Sie mir nicht gesagt, dass Sie im Ivelisse einen Partner haben?", kam ich direkt zum Punkt.

„Einen stillen Partner", sagte sie. „Wie haben Sie das überhaupt herausgefunden? Das sollte niemand erfahren."

„Auch nicht Ihr Ehemann?"

Sie schwieg so lange, dass ich schon dachte, die Verbindung sei unterbrochen worden. „Hallo?"

„Vor allem nicht mein Mann", sagte sie schließlich.

„Haben Campbell und sie eine Affäre?"

„Was? Nein! Auf keinen Fall."

Ihr Protest schien echt zu sein. Und sie war der Frage nicht ausgewichen. Ein vielversprechender Hinweis, dass sie die Wahrheit sagte.

„Warum hat er dann das Ivelisse Day Spa finanziert?" Das war eine mehr als großzügige Geste von Campbell gewesen. War für ihn noch etwas anderes als ein lukratives Geschäft drin?

„Weil er ein guter Freund ist. Okay, ich weiß, wie es aussieht, weil Bill nichts davon weiß." Die Aufregung in ihrer Stimme war deutlich zu hören. „Aber Bill ist einfach eifersüchtig auf Mikey und hasst es, dass wir Freunde geblieben sind. Also beschlossen wir, dass es am besten wäre, wenn Mikey ein stiller Teilhaber wäre und wir es für uns behalten würden. Niemand muss davon erfahren."

„Das ist ein ziemlich großes Geheimnis. Vor allem, wenn es relativ einfach ist, die Wahrheit herauszufinden, wenn man sich auf die Suche macht", betonte ich. „Sogar riskant."

„Ich hatte keine andere Wahl. Als ich meinen Job

verlor, dachte ich, es wäre einfach, einen neuen zu finden. Ich bin gelernte Kosmetikerin, aber die Salons und Spas wollten nur hübsche junge Dinger. Keiner wollte mich."

„Ich würde Sie kaum als alt bezeichnen. Oder unattraktiv." Stephanie war Mitte vierzig und wunderschön.

„Ja, aber jemand mit meiner Erfahrung bedeutet eine höhere Gehaltsstufe."

„Moment. Die Spas, die Sie besucht haben, dienten also nicht wirklich der Forschung. Sie waren auf der Suche nach Arbeit?"

Sie seufzte. „Ja. Und dann rief auch noch Mikey an und sagte mir, dass Bill ihn kontaktiert und ihm gesagt hatte, er solle sich Kiras Vertrag dorthin stecken, wo die Sonne nicht scheint, und da konnte ich dann nicht mehr. Ich erzählte ihm, dass ich arbeitslos sei, keinen Job finden könne und Bills Geschäft zwar gut liefe, wir aber davon allein nicht leben könnten. Zumindest nicht, wenn wir unser Haus behalten und Kira aufs College schicken und die Ausbildung bezahlen wollten, die sie braucht."

„Und da hat er sich überlegt, wie er Ivelisse finanzieren könnte."

„Ich werde ihm alles zurückzahlen. Aber das wird dauern. In der Zwischenzeit betreibe ich

Ivelisse als mein eigenes Unternehmen. Mikey hatte einen Termin mit seinem Finanzplaner vereinbart, bei dem wir einen soliden Geschäftsplan erstellten. Mikey will weder Details wissen noch in irgendwelche Vorgänge involviert werden. Er stellt lediglich das Geld und das Fachwissen seines Unternehmens zur Verfügung. Ich bin nicht seine einzige Investition. Er ist Eigentümer oder Teilhaber mehrerer kleiner Unternehmen und zweier Hotels. Er hat ein zuverlässiges Team hinter sich."

„Mich müssen Sie nicht überzeugen." Ich nahm den Verband vom Knöchel ab, um zu sehen, wie es mit der Schwellung und dem Bluterguss aussah. Antwort? Spektakulär. Er war immer noch geschwollen und hatte inzwischen einen wunderschönen violett-schwarzen Farbton. Kein Wunder, dass er schmerzte. „Das klingt wie eine Rede, die Sie für Ihren Mann vorbereitet haben."

„Vielleicht."

„Definitiv." Aber hatte das irgendetwas mit Kira und ihrem Verschwinden zu tun? Nicht wirklich. Keiner der beiden hatte ein Motiv, sie zu verstecken. Hätten sich Bill und Stephanie getrennt, würde ich automatisch einen der beiden verdächtigen, die Tochter vor dem anderen zu verstecken. Stephanie beharrte jedoch darauf, dass ihre Ehe glücklich sei, obwohl ihr Highschool-Ex noch immer in sie verliebt war. Was Michael Campbell betraf, so wäre es kein kluger Schachzug von ihm gewesen, Stephanie zu zwingen, ihre Tochter zu entführen. Und wie ich inzwischen gelernt hatte, war Campbell ein sehr kluger Kopf. Er war es nicht gewesen.

Was mich wieder zu dem einzigen anderen Hinweis führte. Holly Wilson. Alles, was ich hatte, war ein Flyer, den ich in Kiras Zimmer gefunden hatte, und das Gerücht, dass Holly unglücklich darüber war, dass Stephanie in Konkurrenz zu ihr ein Spa eröffnete. Reichte das aus, um … was? Kira zu entführen? Alles deutete darauf hin, dass Kira weggelaufen war, aber mein sechster Sinn sagte mir, dass dem nicht so war. Sie hatte sich voll und ganz ihrem Sporttraining verschrieben. Das würde sie nicht einfach aufgeben. Kira wirkte auf mich wie ein Mädchen, das einen Plan hatte. Sie würde ihren Vater so lange bearbeiten, bis er Michael Campbell als ihren Manager akzeptierte. Gehörte es zu diesem Plan, für ein paar Tage zu verschwinden?

„Sind Sie noch dran?" Stephanies Stimme in meinem Ohr erinnerte mich daran, dass die Leitung noch stand.

„Ja, sorry, ich habe nachgedacht. Wie gut kennen Sie Holly Wilson?"

„Holly?", fragte sie erstaunt. „Nicht so gut. Ich weiß natürlich, wer sie ist. Ich war in ihrem Spa. Sie hatte keine freien Stellen, und um ehrlich zu sein, wären die Arbeitszeiten bei Divine Delights sowieso nichts für mich gewesen. Ich möchte nicht abends und am Wochenende arbeiten."

„Wusste sie, dass Sie mit dem Gedanken spielten, Ihr eigenes Spa zu eröffnen?"

„Nein, denn damals tat ich das noch nicht. Erst später, als ich keinen Job finden konnte, kam Mikey auf die Idee."

Interessant. Die Idee mit Ivelisse stammte also nicht von Stephanie, sondern von Campbell. Ich beendete das Gespräch, lehnte mich im Stuhl zurück und starrte gedankenverloren an die Decke.

„Ben?" Ich wusste nicht einmal, ob er noch im Haus war. Ich hatte ihn beim Putzen aus den Augenwinkeln heraus gesehen, aber da er mir nicht helfen konnte, hatte ich ihn nicht weiter beachtet.

„Ja?" Er tauchte in der Tür auf.

„Könntest du zur Sicherheit Campbells Büro und Wohnung überprüfen und sicherstellen, dass er Kira nicht versteckt hält?"

„Ich kann es versuchen. Bisher bin ich noch nie so weit gereist. Ich bin nicht sicher, ob das möglich ist."

„Okay. Gutes Argument." Bislang hatte Ben sich nur in Firefly Bay herumgetrieben. Die Stadt war eine Autostunde entfernt. War das zu weit für Bens paranormale Fähigkeiten? Wenn dem so wäre, würde ich in mein Auto springen und selbst dorthin fahren.

„Du denkst, Campbell könnte die Mühe wert sein?", fragte er mit einer hochgezogenen Augenbraue.

„Nein, nicht wirklich."

„Aber Vorsicht ist besser als Nachsicht, oder?"

„Genau."

„Ich bin dabei." Er verschwand vor meinen Augen und ließ mich mit meinen Gedanken allein. Da ich nur noch diesen letzten Anhaltspunkt hatte, beschloss ich, dem Divine Delights Spa & Resort einen Besuch abzustatten.

Nachdem ich meinen Knöchel wieder verbunden hatte, nahm ich ein paar Schmerztabletten, gab die Adresse der Schönheitsfarm in Google Maps ein und machte mich auf den Weg. Eine Sache, die Holly bei ihren Behandlungen anbot, war Ruhe, und da ihr Spa mitten im Nirgendwo lag, war ich mir ziemlich sicher, dass sie den angestrebten Status der Gelassenheit erreicht hatte. Laut der App auf meinem Handy würde ich sechsunddreißig Minuten brauchen, um mein Ziel zu erreichen, also wählte ich ein paar Lieder aus und ließ mich während der Fahrt treiben.

Dabei wurde ich nicht allzu weit abgetrieben. Ich dachte vor allem an Galloway und versuchte, mir keine Sorgen zu machen. Trotzdem machte sich die Angst in meinem Magen breit und falls ich mich zu sehr mit dem ‚Was wäre, wenn' beschäftigte, würde ich mich mit Sicherheit übergeben müssen. *Es geht ihm gut*, sagte ich zu mir selbst. Zwischen die Gedanken an Galloway mischten sich auch einige an Kira. Wenn die Holly-Spur eine Sackgasse war, blieb mir nichts anderes übrig, als jeden, der in der Nähe der Melendez' wohnte, aufzusuchen und zu fragen, ob er eine Überwachungskamera besaß. Es wäre langwierig und mühsam, aber irgendjemand musste etwas gesehen haben. Vielleicht hatte eine Kamera sie aufgezeichnet, als sie vorbeiging oder als Anhalterin mitgenommen wurde. Ein Mädchen verschwand nicht einfach vom Erdboden.

Das plötzliche Ruckeln meines Fahrzeugs ließ mich aufhorchen. Ich umklammerte das Lenkrad mit beiden Händen und versuchte, die Kontrolle über den Wagen zu behalten, während das Heck herumrutschte und fast von der Straße abkam, bevor es mir gelang, es wieder zurückzuschwingen.

Natürlich hatte ich überkorrigiert und drohte nun, auf der anderen Seite abzukommen, als ich mit hoher Geschwindigkeit über die Autobahn schlingerte. Ein kurzer Blick in den Rückspiegel verriet mir den Grund für meine Probleme. Ein großer, schwarzer Lastwagen hing an mir dran. Er musste meine Stoßstange gestreift und mich fast von der Straße gedrängt haben.

Nun fiel er zurück und ich rollte die Schultern nach hinten und krümmte die Finger, um die Anspannung in meinen Muskeln abzuschütteln. Das war knapp gewesen. Derjenige, der hinter mir war, muss abgelenkt gewesen sein und mich auf der Straße vor sich nicht gesehen haben. Doch das schien nicht der Fall gewesen zu sein, denn als ich aufblickte, sah ich, dass der Lkw sich wieder mit hoher Geschwindigkeit näherte. Ich wappnete mich. Er würde mich rammen.

Das Knirschen von Metall auf Metall und das Quietschen der Reifen waren alles, was ich hören konnte. Dieser Zusammenstoß war härter. Aggressiver. Und dieses Mal ließ er sich nicht zurückfallen. Ich hatte reflexartig den Fuß auf die Bremse gesetzt, doch er schob mich einfach über die Straße. Genauer gesagt, schob er mich von ihr herunter. Mein Auto drehte sich langsam und wenn er so weitermachte, würde ich mich überschlagen.

*Denk nach, denk nach.* Aber es war schwer, klar zu denken, wenn jemand einen partout von der Straße drängen wollte. Mein Herz raste und ich war schweißgebadet. Ich nahm den Fuß von der Bremse und trat wieder auf das Gaspedal. Wenn ich von ihm weg beschleunigen könnte, würde er mich nirgendwo mehr hinschieben können.

Es funktionierte! Während wir die Straße hinunter rasten, lösten sich unsere Fahrzeuge voneinander und der Abstand zwischen uns vergrößerte sich allmählich. Das bedeutete natürlich, dass ich immer schneller wurde. Vor mir tauchte eine Kurve auf. Ich nahm sie auf zwei Rädern und biss die Zähne zusammen, bis mein SUV wieder auf allen vieren landete. Der schwarze Lkw war zwar noch immer hinter mir, verlor aber an Boden. Welches Spiel er auch immer spielte, er war dabei zu verlieren. Gott sei Dank.

Doch als meine Heckscheibe in eine Million Scherben explodierte, schrie ich natürlich und machte mir fast in die Hose. Ich verlor die Kontrolle über das Auto, schlitterte im Zickzack über die Straße und versuchte verzweifelt, das Lenkrad herumzudrehen, um die Kontrolle wiederzuerlangen, was mir nicht gelang. Ich flog in einen Graben und die Motorhaube bohrte sich in den Dreck, während ich nach vorne katapultiert wurde. Das Letzte, woran ich mich erinnern konnte, war, dass mein Kopf gegen das Lenkrad schlug.

# KAPITEL 13

Ich wachte mit donnernden Kopfschmerzen auf und konnte meine Glieder nicht mehr bewegen. Großartig. Ich hatte es endlich geschafft. Ich hatte mich selbst so schwer verletzt, dass ich nur noch vor mich hin vegetieren konnte. Amanda würde ihre helle Freude daran haben.

„Audrey?", flüsterte jemand. Ich runzelte die Stirn. Es klang wie Galloway. Ich öffnete ein Auge und erwartete, mich in einem Krankenhausbett wiederzufinden. Doch stattdessen befand ich mich in einem schummrigen … was? Lagerhaus? Wo zum Teufel war ich? Ich hob den Kopf und stöhnte angesichts des Schmerzes im Nacken.

„Audrey, bist du okay?" Das *war* Galloway!

Ich drehte den Kopf, wobei meine Nackenmuskeln gegen die Bewegung protestierten. „Schleudertrauma", flüsterte ich ihm zu. Er war an einen Stuhl gefesselt, sein Gesicht und seine Kleidung blutig.

„Reparierbar", flüsterte er zurück, wobei mich seine grauen Augen voller Sorge ansahen.

„Bist du okay?"

„Mir geht es gut. Ich mache mir mehr Sorgen um dich. Das ist eine hässliche Wunde auf deiner Stirn."

Ich wollte die Stirn betasten, konnte mich aber nicht mehr bewegen. Als ich nach unten schaute, entdeckte ich den Grund. Ich war ebenfalls an einen Holzstuhl gefesselt, die Handgelenke an den Lehnen, die Knöchel an den Stuhlbeinen gefesselt. Ich sah mich wieder um. Es war schummrig und es stank nach fauligem Fisch.

„Sind wir an den Docks?", fragte ich leise. Ich ging zwar davon aus, dass wir allein waren, aber in den Schatten könnte jemand lauern und unser Gespräch belauschen. Als ich den Kopf bewegte, spürte ich, wie mir etwas Warmes, Nasses über die Augenbraue rann und auf meine Wange tropfte. „Blute ich?" Meine Stimme erhob sich um eine Oktave und ich biss mir auf die Lippe, um mich zum Schweigen zu bringen.

„Ja", flüsterte Galloway. „War das Redding?"

„Mit seinem Auto. Moment. Redding? Wie …?"

„Detective Sergeant Joel Redding", bestätigte Galloway. Also hatte nicht Mills meinen Wagen von der Landstraße gedrängt.

„Also ist er …"

Galloway nickte. „Jepp. Einer der Bösewichte."

„Und warum sind wir hier?"

Links von mir flog eine Tür auf und schlug gegen die Wand. „Weil ihr beide eure Nase nicht aus den Angelegenheiten anderer Leute heraushalten könnt", dröhnte eine Stimme. Der Lichtstrahl zeichnete die Silhouette eines großen Mannes mit einem schwammigen Körper. Ich kniff die Augen zusammen und versuchte, sein Gesicht zu erkennen, aber da das Licht auf seinen Rücken fiel, war es unmöglich, seine Gesichtszüge zu erkennen.

„Ich weiß nicht, was Sie damit erreichen wollen, Clarke", schnauzte Galloway den Mann an, „aber es wird gewaltig nach hinten losgehen."

Clarke? Hatte er Clarke gesagt? Mein Kopf schwenkte von Galloway zu dem schattenhaften Mann und wieder zurück. Keine gute Idee, wenn man an einem Schleudertrauma litt. Aber Galloway hatte Clarke gesagt … Deputy Police Chief James Clarke? Derselbe Mann, mit dem ich heute Morgen zusammengestoßen war. Hatte er Galloway die ganze Zeit in seiner Gewalt gehabt? Steckte er hinter der Verleumdungskampagne, dass Galloway mich mit Savannah betrüge? Das Hämmern in meinem Kopf wurde stärker.

„Es ist schwer, wegen Mord angeklagt zu werden, wenn die Leichen nicht gefunden wurden", meinte Clarke.

Mein Kopf wirbelte herum und ich starrte Galloway erschrocken an. „Mord?", fragte ich wortlos mit weit aufgerissenen Augen.

Er schüttelte leicht den Kopf, als wolle er mir versichern, dass alles in Ordnung sei und wir nicht sterben würden. Ich wollte ihm wirklich glauben, aber da wir beide an Stühle gefesselt waren, hatte Clarke eindeutig die Oberhand. Ich wandte meine Aufmerksamkeit wieder dem unausstehlichen Mann zu, der langsam in den Raum schlenderte. Detective Sergeant Joel Redding folgte ihm auf den Fersen.

Wow, Redding war tatsächlich eine Überraschung gewesen. War es das? War diese kleine Bande von giftigen Egos und Machtmissbrauch die Korruption, die die Polizei von Firefly Bay vergiftete? Nein, Mills fehlte noch. Und Sergeant Dwight Clements. Er musste ebenfalls irgendwie involviert sein. Er war ebenso fest entschlossen wie Mills, mich zu Fall zu bringen.

„Ich würde gerne wissen, wie Sie zwei Leichen unentdeckt entsorgen wollen", meinte Galloway spöttisch.

Clarke lachte, ein hässliches Geräusch, und zog eine Pistole aus dem hinteren Teil seines Hosenbundes. Ich schluckte. Übelkeit brannte in meiner Kehle. Mein Puls hämmerte so stark, dass ich erwartete, meine Kopfwunde würde buchstäblich anfangen, Blut in großen Mengen herauszuspritzen, aber seltsamerweise geschah das nicht. Es tropfte einfach weiter langsam an meinem Gesicht herunter und auf meine Bluse.

Als Clarke sich näherte, schwang die Tür erneut auf und schlug mit einem lauten Knall gegen die Wand. Wo auch immer wir waren, es war weit weg von der Zivilisation. Diese Männer machten keine Anstalten, sich leise zu verhalten. Mills stürzte ins Lagerhaus, als hätte er mit jemandem ein Hühnchen zu rupfen. Oder den Kopf abzureißen. Wie auch immer, er war gereizt. Er kam direkt auf mich zu und schob sich an Clarke vorbei, der ihn überrascht ansah.

„Wow, die ganze Bande ist hier", höhnte ich.

Mills schlug mir so fest ins Gesicht, dass meine Zähne klapperten.

„Hey!", rief Galloway. „Wie wäre es, wenn du dir jemanden in deiner Größe suchst?"

Mills ignorierte ihn und holte zum nächsten Schlag aus, als Clarke schrie: „Genug!"

Mills erstarrte, und etwas blitzte in seinen Augen auf. Schmerz, vielleicht. Mörderische Tendenzen? Es war schwer zu sagen.

„Wir bringen sie sowieso um", spuckte er. „Ich sage, wir machen es jetzt. Und ich will sie. Ich will sie leiden sehen. Ich will ihr Schmerzen bereiten, wie sie sie noch nie zuvor gespürt hat. Ich will, dass sie bettelt."

Hatte ich ihn richtig verstanden? Meine Ohren klingelten noch von dem Schlag, den er mir versetzt hatte, aber ich war mir ziemlich sicher, dass er gerade gesagt hatte, er wolle, dass ich um mein Leben bettle.

„Ich dachte, Sie hätten inzwischen gelernt, dass wir nicht immer bekommen können, was wir wollen", sagte ich und machte mich auf einen weiteren Schlag gefasst. Warum provozierte ich ihn bloß? Ich wusste es nicht, aber ich konnte mich einfach nicht zurückhalten. Clarke trat näher an Mills heran, und Mills trat näher an Clarke heran, bis sie sich schließlich Auge in Auge gegenüberstanden.

Ich warf Galloway einen Blick zu. Er versuchte, mir etwas zu sagen. Seine Augen huschten umher und er formte stumme Worte mit den Lippen. Eier zum Abendessen? Doch das ergab keinen Sinn. Mein Herz klopfte, als er sich nach hinten warf und sowohl er als auch der Stuhl mit einem Krachen auf dem Boden landeten. Der Stuhl zersplitterte und Galloway sprang auf, die Armlehne des Stuhls in der Hand haltend. Früher eine Einschränkung, heute eine Waffe.

Chaos brach aus. Clarke und Mills drehten sich zu Galloway um, aber bevor Clarke auch nur den Arm heben konnte, um mit der Waffe zu zielen, hatte Galloway das Holzstück gegen Clarkes Kopf geschmettert. Er taumelte rückwärts, Blut floss. In einer schnellen Bewegung griff er Mills an und dann verschwamm alles, als die drei in einem Handgemenge zu Boden gingen, während Redding zurückblieb und mit verschränkten Armen das Geschehen beobachtete.

Drei gegen einen war einfach nicht fair. Ich beschloss, Galloways Beispiel zu folgen, und drückte mich mit den Zehen auf den Boden, bis mein Stuhl nach hinten kippte. Ich schlug auf dem Boden auf, mein Kopf prallte auf dem Beton auf und ich sah Sterne, aber ich hörte, wie der Stuhl zerbrach, und wollte mich schnell befreien. Zumindest versuchte ich es. Eine der Armlehnen des Stuhls war abgebrochen, die andere war immer noch intakt. Mein Handgelenk war daran festgebunden und die Knöchel an den Stuhlbeinen, sodass ich nun auf dem Rücken lag und an eine umgekippte Schildkröte erinnerte. Mit ein bisschen Gezappel und Gefummel konnte ich mich schließlich befreien.

Mills lag bewusstlos auf dem Boden. Clarke und Galloway kämpften miteinander, doch Redding hielt sich noch immer zurück und machte keine Anstalten, in irgendeiner Form einzugreifen. Die Waffe lag auf dem Boden, also huschte ich hinüber, hob sie auf und feuerte einen Schuss in die Decke ab.

Der Knall war so laut, dass ich befürchtete, ich hätte mein Gehör dauerhaft geschädigt, aber es hatte funktioniert. Beide Männer erstarrten und drehten sich zu mir um. Galloway kam schnell zu mir herüber, legte seine große Hand auf meine und ließ die Waffe aus meinen zitternden Fingern gleiten.

„Gut, dass du auf die Decke gezielt hast", flüsterte Galloway mir ins Ohr.

„Das habe ich nicht. Ich habe auf Clarke gezielt."

„Du hast was?" Seine Augen wurden groß, aber dann zwinkerte ich ihm zu, und er lachte.

Keine Ahnung, warum ich in diesem Moment Witze machte. Vielleicht war einer der Schläge auf den Kopf zu viel gewesen. Vermutlich hatte ich eine Gehirnerschütterung. Oder einen Hirnschaden. Vielleicht war das alles nicht real. Vielleicht lag ich in einem Krankenhausbett im Koma und all das war ein Produkt meiner Einbildung.

Ich spürte es, bevor ich es hörte. Das Zischen einer Kugel, der stechend heiße Schmerz in meinem Oberarm, gefolgt von einem Knall. Wir hatten Redding vergessen.

„Scheiße", zischte Galloway, packte meinen anderen Arm und zerrte mich durch den Raum. Ein Kugelhagel verfolgte unseren Weg, aber Redding musste die Augen geschlossen gehabt haben, denn kein einziger Schuss fand sein Ziel. Nun, wenn man den Ersten nicht mitzählte. Zum Glück tat es nicht weh, aber als ich an mir herunterschaute, sah ich das Loch im Ärmel meines T-Shirts. Und das Blut. Ziemlich viel Blut.

Wir stürmten durch die Tür auf der gegenüberliegenden Seite des Lagerhauses und Galloway schlug sie hinter uns zu. Kugeln schlugen weiter durch die dünnen Wände.

Galloway wollte schon abhauen, drehte sich dann aber um, packte mich an der Schulter und zog mich zu sich heran. Mit seinem Mund nur wenige Zentimeter von meinem entfernt, sagte er: „Halte deinen Kopf unten und versuche, mitzuhalten."

„Verstanden." Das könnte ich hinkriegen.

Er rannte los und ich folgte ihm. Allerdings nicht laufend. Mein Knöchel weigerte sich, mein Gewicht zu tragen, und bei jedem gescheiterten Versuch brannte der Schmerz in mir. Er musste bei dem Autounfall erneut etwas abbekommen haben, denn die Verstauchung war eigentlich gut verheilt. Es gibt keinen Grund, warum ich nicht in einem halbwegs anständigen Tempo hinter Galloway herhumpeln könnte.

Ich konnte ihn gerade noch vor mir ausmachen. In der Ferne sah er ziemlich klein aus. Er hatte nicht bemerkt, dass ich nicht mehr hinter ihm war. Stattdessen versuchte ich auf Händen und Knien, ihm zu folgen, aber mein Arm brannte höllisch und meine Sicht war verschwommen. Allmählich schwante mir die schreckliche Erkenntnis, dass ich am Ende war.

„Mein Gott, Audrey! Warum hast du mir nicht gesagt, dass es so schlimm ist?" Galloway war zurückgekommen und hockte vor mir.

Ich griff nach seinem Hemd und zog mich hoch. „Mir geht es gut", sagte ich. Die Welt drehte sich nur ein wenig. Was konnte daran schon schlimm sein?

„Planänderung." Galloway steckte die Pistole in seinen Gürtel und warf mich im Feuerwehrgriff über die Schulter. Ich hätte den engen Kontakt mit ihm genossen, wäre da nicht die Tatsache gewesen, dass ich mit dem Kopf nach unten hing, während sich seine Schulter in meinen Bauch grub, und ich mich ziemlich darauf konzentrieren musste, mich nicht zu übergeben. Wir waren noch nicht weit gekommen, als er mich auf den Boden absetzte und meinen Rücken gegen einen Baum stützte.

„Bleib hier", flüsterte er, fuhr mir mit der Hand über die Wange und strich mir ein paar Haare hinters Ohr. „Mach keinen Mucks. Ich bin gleich wieder da."

So sehr ich mich auch den Anweisungen widersetzen und mitkämpfen wollte, mein Körper hielt überhaupt nichts von dieser Idee. Ich war einigermaßen zuversichtlich, dass meine Gliedmaßen keiner Aufforderung zur Bewegung folgen würden, also blieb ich sitzen, hörte den Schüssen zu und verdrängte die Angst, Galloway könnte angeschossen werden. Schlimmer noch, getötet werden. Das Adrenalin, das durch meine

Adern floss, hielt den Schmerz in Schach, aber ich wusste, dass er an den Rändern nur darauf wartete, mich zu verschlingen. Mein Knöchel war hinüber, ich hatte eine Kopfverletzung und war angeschossen worden. Ich war froh, dass ich all das nicht wirklich spüren konnte. Während ich dasaß, presste ich meine freie Hand auf die Schusswunde, doch unter den Fingern floss immer noch Blut. Ich hoffte wirklich, dass ich hier draußen nicht verbluten würde.

Ich wollte gerade einschlafen, als Galloway zurückkam.

„Halt dich fest", sagte er und hob mich hoch. Diesmal nicht in einem Feuerwehrgriff. Diesmal war ich an seine Brust gepresst und es war herrlich.

Ich drückte das Gesicht gegen seinen warmen Körper und atmete ihn ein. „Ich habe dich vermisst", murmelte ich.

„Ich dich auch." Ich spürte seinen Kuss auf meinem Kopf, dann waren wir wieder in der Lagerhalle, die sich nicht als eine Lagerhalle, sondern als eine alte Scheune herausstellte. Ich hätte schwören können, dass ich Fisch gerochen hatte. Ich dachte, wir wären an den Docks, aber ich hatte mich geirrt. Blaulicht blitzte überall auf, es gab ein Stimmengewirr, das ich nicht verstehen konnte, dann viel Gedränge, Stoßen und Schubsen, und dann brach die Welle des Schmerzes wie ein Tsunami über mich herein. Mein Blutdruck schnellte in die Höhe und fiel dann wieder ab. Meine Augen rollten in den Hinterkopf und ich verlor das Bewusstsein.

# KAPITEL 14

Ich wachte in einem Krankenhausbett auf, hatte einen Tropf im Arm, einen Gips am Bein und ein seltsames Taubheitsgefühl im ganzen Körper.

„Galloway?", krächzte ich mit trockenen Lippen. Mein Mund schmeckte, als hätte ich an einem Aschenbecher geleckt.

„Es geht ihm gut. Er ist in weitaus besserer Verfassung als du." Savannah McIntosh saß auf einem Stuhl neben meinem Bett und blätterte in einer Zeitschrift.

Ich drehte den Kopf. „Wo ist er?"

„Er bringt nur ein paar Dinge zu Ende und kommt bald zurück. Er wollte hier sein, wenn du aufwachst."

Irgendetwas nagte an mir, etwas, das ich tun musste, aber ob es nun an den Schmerzmitteln lag, die ich intus hatte, oder an dem Schlag auf den Kopf, ich konnte nicht sagen, was es war.

„Und die anderen?", fragte ich Savannah.

Sie legte die Zeitschrift auf meinen Nachttisch und legte die Hände entspannt im Schoß zusammen. „Wenn du mit ‚den anderen' Clarke, Redding und Mills meinst, sie wurden festgenommen."

„Angeschossen?"

„Mills erlitt eine oberflächliche Schusswunde an einer unteren Extremität."

„Dann müssen sie also ziemlich schlechte Schützen sein. Denn es gab eine Menge Schüsse." Bei der Erinnerung daran rann es mir kalt den Rücken hinunter und das Gerät am Bett piepte als Antwort.

Eine Krankenschwester eilte herein, untersuchte das Gerät und die Spitzen meiner Herzfrequenz, pumpte die Blutdruckmanschette um meinen Arm auf und schimpfte mit Savannah. „Okay, das reicht jetzt. Keine weitere Aufregung für die Patientin. Raus."

„Nein!" Ich streckte die Hand aus, um Savannah aufzuhalten, die sich gerade erhob. Sie ließ sich wieder auf den Stuhl sinken. „Bleib. Bitte. Bis

Galloway hier ist." Ich schaute zur Krankenschwester. „Mein Körper, meine Regeln."

Sie starrte mich an, doch ich hielt ihrem Blick stand.

„Okay. Aber Sie müssen sich ausruhen", lenkte sie schließlich ein.

Ich deutete auf das Bett. „Ich ruhe mich aus. Sehen Sie? Aber egal, wie groß ist der Schaden? Mein Bein ist eingegipst – habe ich mir etwa den Knöchel gebrochen?" Die Wucht, mit der ich kopfüber in den Graben gerast war, hatte die ursprüngliche Verstauchung zweifellos verschlimmert. Es lag durchaus im Bereich des Möglichen, dass ich mir ein paar Knochen gebrochen hatte.

Die Krankenschwester hob die Hand und zählte an den Fingern ab. „Vier Stiche in der Stirn aufgrund einer tiefen Risswunde. Zwölf Stiche am Oberarm aufgrund einer Schusswunde – entspannen Sie sich, die Kugel hat Sie nur gestreift, sie ist nicht eingedrungen. Und der Knöchel? Bänderrisse in der Nähe des Knöchels und der Außenseite des Fußes und des Knöchels. Sie werden für eine Weile in einem Moonboot bleiben müssen."

Moonboot? Ich hob die Decke an und schaute auf meinen verletzten Fuß. Als ich aufgewacht war, hatte ich das Gewicht und die Einschränkung durch das gespürt, was ich für einen Gips gehalten hatte, aber sie hatte recht. Ein riesiges, schwarzes Ding mit mehreren Klettverschlüssen umschloss meinen Fuß und meine Wade und endete knapp unter dem Knie.

„Nun ... das ist doch gut, oder? Das bedeutet, dass nichts gebrochen ist, oder?"

„Manchmal sind Sehnen- und Bandverletzungen schlimmer als ein Bruch." Sie machte auf dem Absatz kehrt und war schon an der Tür, als sie über ihre Schulter rief: „Keine Belastung. Nehmen Sie die hier." Sie zeigte auf ein Paar Krücken, die an der Wand lehnten.

*Oh toll.* Ich konnte mir vorstellen, wie gut ich damit umgehen würde. „Savannah? Könntest du?" Ich zeigte auf den Plastikbecher und die Wasserflasche auf meinem Nachttisch. Meine Lippen klebten noch immer an meinen Zähnen und ich war mir ziemlich sicher, dass mein Atem die Farbe von den Wänden ablösen konnte.

„Natürlich", Savannah goss das Wasser mit präzisen Bewegungen ein und reichte mir den Becher, den Strohhalm nachdenklich in meine Richtung gerichtet.

„Danke." Ich rutschte ein wenig auf den Kissen nach oben und zuckte zusammen, als mein ganzer

Körper protestierte und das taube Gefühl zurückwich. Vermutlich hatte die Krankenschwester nur meine primären Verletzungen aufgeführt und dabei übersehen, dass ich zweifellos vom Scheitel bis zu den Zehenspitzen geprellt war, ganz zu schweigen von dem Schleudertrauma. Zumindest fühlte es sich so an. „Was steht denn da?" Ich wies mit dem Daumen auf den Zettel, der unter meinem Namensschild klebte. „Da steht doch nicht, dass es keinen Kaffee gibt, oder?"

Savannah gluckste. „Nein. Das ist nur deine Patientennummer."

„Puh. Einen Moment habe ich mir wirklich Sorgen gemacht. Alsooooo ..." Ich hob eine Augenbraue. Oder versuchte es zumindest. Aber erstens hatte ich noch nie nur eine Augenbraue hochziehen können, und zweitens waren die Nähte und der Verband an meiner Stirn eine hervorragende Abschreckung für übereifrige Gesichtsbewegungen.

„Soll ich dir einen Kaffee holen?", vermutete sie.

Ich nickte. Meine Nackenmuskeln protestierten gegen die Bewegung, aber ich ignorierte sie.

„Auch wenn er aus einem Automaten kommt?"

Ich nickte erneut. Es war mir egal. Wasser war ... Wasser. Es hatte keinen Kick. Und ich brauchte dringend einen. Dank des Tropfs in meinem Arm war ich ausreichend hydriert, und ich nahm an, dass der Tropf auch Schmerzmittel abgab, denn mein Verstand war immer noch benebelt. Ich musste irgendetwas tun, aber ich konnte nicht genau sagen, was, und das störte mich. Ich hoffte, dass das Koffein mich aufrütteln würde.

Savannah ging in der Tür an Galloway vorbei, murmelte ihm etwas zu, das ich nicht verstand, und dann saß er auf der Bettkante und nahm meine Hand in seine.

„Wie geht es dir?", fragte er. Ich sah ihn an. Abgesehen von einer Schürfwunde am Kinn, einem blauen Auge und einigen Prellungen an Kiefer und Wangenknochen war er relativ unverletzt geblieben.

„Gut." Ich lächelte ihn an. „Ich fühle mich großartig."

„Lügnerin."

Ich versuchte, beleidigt auszusehen, aber es gelang mir nicht. „Okay. Ich fühle mich großartig, nachdem ich meinen Kaffee getrunken habe. Komm schon, erzähl mir alles. Was ist passiert?"

„Savannah hat es dir doch schon gesagt. Clarke, Redding und Mills wurden noch am Tatort festgenommen."

„Ja. Das weiß ich schon. Was ist mit dir passiert?

Wann haben sie dich erwischt? Wie haben sie dich erwischt? War es Mills?"

Galloways Augen verdunkelten sich und ich sah die Wut in ihnen brodeln wie ein Sturm an einem Sommertag. „Ich habe gehört, was er dir angetan hat", knurrte er, ganz Alphamännchen und sündhaft gut aussehend.

„Ist schon gut. Dafür habe ich ihm die Finger gebrochen", versicherte ich ihm. „Und wenn nicht gebrochen, dann wenigstens stark verbeult." Der schmutzige Lappen, den Mills um die Finger seiner linken Hand gewickelt hatte, war mir nicht entgangen. Und an seiner rechten Hand hatte ich Schnitte gesehen, sie sich wahrscheinlich entzündet hatten. Aber es war nichts gebrochen gewesen. Ich spürte einen kleinen Anflug von Stolz auf meine Bemühungen.

„Dem Kerl würde ich am liebsten höchstpersönlich den Hals umdrehen."

Ich schnaubte. „Was für eine Vorstellung. Aber komm schon, spuck's aus. Wer hat dich überrumpelt? War es Redding? Oder Clarke? Obwohl ..." Ich verstummte nachdenklich. Clarke war der Platzhirsch. Ich bezweifelte, dass er seine eigene Drecksarbeit machen würde. Außerdem war er übergewichtig und unfit, während Galloway in

Topform war. „Es war Redding." Ich nickte und mein Kopf wippte unaufhörlich weiter, bis Galloway mein Gesicht sanft zwischen seine Hände nahm, um die Bewegung zu stoppen. Okay, ich hatte die Dinge also noch nicht ganz unter Kontrolle. Ich brauchte einen Kaffee. Dann wäre alles wieder in Ordnung.

„Ja, es war Redding. Er klopfte an meine Tür und ich ließ ihn herein. Kaum drehte ich mich um, schlug er mir auf den Kopf."

„Du hast dich umgedreht? Hattest du ihn nicht im Verdacht? Oder hatte er sich unter dem Radar halten können?"

„Er stand auf meiner Liste. Ich glaube, Mills muss bei ihm gewesen sein. Mills schlich draußen herum und machte ein Geräusch, um mich abzulenken. Ich drehte mich zum Fenster, um nachzusehen. Redding schlug mich nieder. Dann bin ich in der Scheune aufgewacht, gefesselt wie ein Truthahn zu Thanksgiving." Ich konnte die Wut in seiner Stimme darüber hören, dass die beiden ihn überrumpelt hatten.

„Wieso haben sie dich nicht erschossen?", fragte ich. „Überall flogen Kugeln."

„Weil keiner von diesen Schwachköpfen weiß, wie man schießt. Aber Redding hat es geschafft, dich zu treffen." Galloway fuhr mit den Fingern an der

Kante des Verbandes entlang, der um meinen Oberarm gewickelt war. „Savannah sagte, man habe dein Auto in einem Graben gefunden, von der Straße abgekommen“, flüsterte Galloway. „Die Motorhaube ist komplett eingedrückt. Es ist ein Wunder, dass du nicht getötet wurdest.“

„Mir geht es gut“, beruhigte ich ihn. „Mich bringt so schnell nichts um.“

„Ich glaube, die Schmerzmittel vernebeln deinen Verstand.“ Er grinste und ließ die Hand meinen Arm hinuntergleiten, um meine Finger mit seinen zu verschränken.

„Ich glaube, dass du wahrscheinlich recht hast.“ Ich seufzte, ließ mich tiefer in die Kissen sinken und gähnte. „Es gibt da etwas, was ich tun soll. Ich wollte irgendwohin, als sie mich von der Straße gedrängt haben. Ich weiß nur nicht mehr, was es war.“

„Das kann warten“, versicherte mir Galloway, seine Stimme und seine Berührung beruhigten mich. „Ruh dich einfach aus.“

Mir fielen die Augen zu, dann öffnete ich sie wieder. „Bleibst du? Du wirst dich doch nicht davonschleichen, sobald ich schlafe?“

„Ich bleibe“, versprach er.

„Gut.“ Ich schloss die Augen wieder, nur um sie

dann wieder zu öffnen. „Weck mich, wenn Savannah mit dem Kaffee kommt."

Er kicherte. „Natürlich."

Wir wussten beide, dass er das nicht tun würde.

Ich schlief mit meiner Hand in Galloways Hand ein, doch der Schlaf war alles andere als erholsam. Ich wurde von Träumen geplagt, in denen mich Mills und seine Leute mit vorgehaltener Waffe verfolgten, Ben tauchte auf und verschwand wieder, und ich hatte Mühe, mich daran zu erinnern, wo er die ganze Zeit gewesen war. Ein Mädchen im Teenageralter lief in Sportklamotten durch meine Träume, die Haare zu einem Pferdeschwanz hochgesteckt. Sie joggte an mir vorbei, winkte mir zu und sprintete dann davon.

„Kira!" Ich schoss in die Höhe und ignorierte den Schmerz, der jeden einzelnen Nerv in meinem Körper durchzog und mir auf nicht gerade subtile Weise zu verstehen gab, dass plötzliche Bewegungen keine gute Idee waren. „Ben? Hast du sie gefunden?"

„Ganz ruhig." Galloway hielt meine Hand und strich mit dem Daumen über den Handrücken. Ich schaute mich im Raum um und suchte nach Ben. War er schon zurück? Er sollte längst zurück sein. Die geisterhafte Teleportation dauerte nicht lange und er war schon … wie viel Uhr war es überhaupt?

„Wo ist Ben?" Da mir nach und nach wieder alles einfiel, machte ich mir Sorgen um meinen körperlosen Freund. Kira Melendez wurde vermisst. Ben war in die Stadt entschwebt, um in Michael Campbells Büro und seiner Stadtwohnung nach ihr zu suchen. „Er sollte längst zurück sein."

„Audrey", warnte Galloway mich und drückte meine Hand.

Irritiert riss ich meine Hand weg. „Nein", fuhr ich ihn an. „Ben wollte nachsehen, ob Kira in der Stadt ist." Ach ja, allmählich setzten meine grauen Zellen wieder ein. Galloway wusste nichts von meinem Fall. Das alles war passiert, nachdem ich ihn gestern Morgen zum letzten Mal auf der Wache gesehen hatte. „Kira Melendez ist fünfzehn Jahre alt, und sie wird vermisst. Seit gestern hat sie niemand mehr gesehen."

„Okay", meinte er leise und nickte, wobei sein Blick zur Tür und dann wieder zu mir schweifte.

Ich schaute hinüber, wo ich Amanda und Dustin entdeckte, die besorgt dreinschauten. Amanda trat mit einem riesigen Lilienstrauß vor und legte ihn auf den Wagen am Fußende meines Bettes. „Das liegt wahrscheinlich an der Gehirnerschütterung", meinte sie zu Galloway, als ob ich nicht direkt vor ihr liegen würde.

„Hallo?", meinte ich, „ich bin hier, schon vergessen?"

„Audrey, Ben ist tot. Er ist schon vor einiger Zeit gestorben." Sie sprach langsam und laut, als ob ich taub wäre. Oder dumm.

Ich sah sie stirnrunzelnd an. „Das weiß ich."

„Nun, dann kann er nicht in die Stadt gegangen sein, oder? Denn er ist ja tot."

„Ja, danke, Amanda", raunzte ich sie an und wedelte abwehrend mit der Hand in der Luft herum. In diesem Moment bemerkte ich die Tasse Kaffee, die auf meinem Nachttisch stand. Ich beugte mich vor, trank einen Schluck und spuckte ihn zurück in die Tasse.

Galloway grinste. „Ja, der steht schon seit über einer Stunde da."

„Du hättest mich aufhalten können", murrte ich.

„Was? Ich soll mich zwischen dich und deinen Kaffee stellen? So mutig bin ich nun wirklich nicht." Er stand auf, beugte sich vor, um mir einen Kuss auf die Wange zu geben, und meinte: „Ich hole dir einen frischen."

„Du bist mein Held", seufzte ich.

Er zwinkerte mir zu und ließ mich mit Amanda und Dustin allein.

„Kopfverletzungen können zu Verwirrung

führen", sagte Amanda und nahm Galloways Platz ein.

Ich ignorierte sie und konzentrierte mich auf Dustin, der am Fußende meines Bettes stand und die große Beule unter der Bettdecke begutachtete, die ich meinem Moonboot zu verdanken hatte.

„Leute, mir geht es gut." Ich verdrehte die Augen. „Ein bisschen ramponiert, das ist alles. Nichts, was nicht heilen würde."

„Natürlich wird es das." Dustin grinste und zwinkerte mir zu.

„Wir sollten dich auf neurologische Defizite untersuchen lassen", fuhr Amanda fort.

Wir ignorierten sie.

„Also, was ist passiert?" Dustin ließ sich auf die Bettkante fallen. „Eine Verfolgungsjagd und eine Schießerei?"

Ich grinste ihn an. „Ja, nicht? So etwas kann selbst ich mir nicht ausdenken." Dann erzählte ich ihm die ganze Geschichte, angefangen von Mills' versuchter Entführung am Abend zuvor. Als ich fertig war, schüttelte Dustin den Kopf. Ich verstand es als ein Zeichen der Bewunderung.

„Ich schätze, das bedeutet, dass du in nächster Zeit keinen Babysitterdienst mehr übernehmen kannst", neckte er mich. „Manche Menschen tun wirklich alles, um sich von ihren familiären Verpflichtungen zu befreien."

„War das zu viel? Vielleicht hätte ich mich nicht anschießen lassen sollen. Es war viel zu viel, oder?" Ich lachte.

„Ich verstehe euch beide nicht", sagte Amanda mit kerzengeradem Rücken, während sie von Dustin zu mir und wieder zurück blickte. „Das ist nicht lustig."

„Süße, so gehen manche Leute damit um. Sie nehmen es mit Humor."

„Nur weil ich nicht gleich die Nerven verliere, heißt das nicht, dass ich nicht darüber nachdenke, was passiert ist", fügte ich hinzu.

Ich tätschelte Dustins Bein. „Vielleicht solltest du sie nach Hause bringen. Oh, könntest du mir einen Gefallen tun? Ich brauche etwas von zu Hause."

„Kommt darauf an, was es ist. Ich bringe dir bestimmt keine frische Unterwäsche." Er machte ein Gesicht, als wäre es das Ekelhafteste auf der Welt. Dabei hätte er sich keine Sorgen machen müssen. Mein zweiter Vorrat an Kaffeekapseln war in meinem Wäscheschrank versteckt. Ich würde ihn also auf keinen Fall dort frei herumlaufen lassen, nur für den Fall, dass er ihn fand.

„Nein, dafür ist Galloway da." Ich zwinkerte und Dustin tat, als müsse er würgen.

„Was soll ich dir dann holen, Schwesterherz?"

„Ich arbeite gerade an einem Fall – die vermisste Schülerin Kira Melendez. Ich habe ihr Tagebuch mitgenommen und da ich nicht viel anderes tun kann, solange ich an dieses Bett gefesselt bin, kann ich es auch zu Ende lesen."

„Sicher, das kann ich machen. Und ich sehe für dich nach Thor."

„Und Bandit."

„Wer ist Bandit?"

„Ein Waschbär, den ich adoptiert habe."

Amanda keuchte. „Sie sind Ungeziefer. Audrey, wie konntest du nur so unverantwortlich sein?"

*Wie kannst du mit diesem Stock im Hintern noch laufen?* Doch ich fragte das nicht laut, so gern ich es auch getan hätte.

„Könntest du dafür sorgen, dass genug Futter da ist? Und schließ die Tür der Speisekammer, obwohl Bandit weiß, wie man sie öffnet, also weiß ich nicht, warum ich mir die Mühe mache", sagte ich zu Dustin.

Er tätschelte mein Bein. „Klar. Wo ist das Tagebuch?"

„Ähm." Ich schaute an die weiße Decke, als

stünde dort die Antwort. „Es könnte im Wohnzimmer oder in meinem Büro liegen."

„Keine Sorge, ich werde es schon finden und dir bringen. Ich kann schließlich nicht zulassen, dass du vor Langeweile eingehst."

In dem Moment kehrte Galloway zurück und hatte das Nirwana in einem Becher dabei. Dustin und Amanda verabschiedeten sich, wobei Amanda meinem Bruder zuflüsterte, er müsse wegen Bandit den Tierschutz anrufen. Er warf mir einen Blick zu und schüttelte leicht den Kopf, um mir mitzuteilen, dass er so etwas nicht tun würde. Ich hätte Amanda natürlich versichern können, dass ich Bandit zum Tierarzt gebracht hatte, um sie komplett durchchecken und impfen zu lassen. Doch wie üblich war es meiner Schwägerin mit minimalem Aufwand gelungen, die kleine, boshafte Audrey in mir zu wecken. Ich ließ sie leiden und in dem Glauben, ich würde einen tollwütigen Waschbären beherbergen.

Während der nächsten halben Stunde war mein Krankenhauszimmer ein einziges Tollhaus. Mom und Dad kamen, ebenso wie Laura und ihr Mann Brad. Laura weinte, schob es auf die Schwangerschaftshormone, saß aber an meiner Seite und ließ meine Hand während des gesamten

Besuchs nicht los. Ich musste meinen Kaffee in die linke Hand nehmen, um ihr entgegenzukommen.

In dem ganzen Chaos hielt ich Ausschau nach Ben. Er sollte hier sein. War in der Stadt etwas passiert? Saß er dort fest und konnte sich nicht zurückteleportieren? Oder hatte er es gar nicht bis dorthin geschafft? War etwas furchtbar schief gelaufen? War er vielleicht in einer Art Ätherwelt gefangen und konnte nicht zurückkehren? Meine Augen füllten sich mit Tränen.

„Hey." Galloway, der am Fenster gelehnt hatte, um meiner Familie Zeit mit mir zu lassen, stieß sich von seiner lümmelnden Position ab, kam zu mir herüber und setzte sich auf die andere Bettseite. Er fasste mir an die Wange und wischte die Tränen mit seinem Daumen weg. „Was ist los?", flüsterte er.

Eine Welle von Emotionen brach über mich herein und ich konnte weder atmen noch sprechen. Der Raum verschwamm, als sich meine Augen mit weiteren Tränen füllten, die mir dann über die Wangen liefen. Meine Lippen – und mein Kinn – zitterten.

„Hey, Süße, ist schon gut." Galloway zog mich vorsichtig an seine Brust und schlang die Arme um mich. Er war meine Zuflucht vor dem Sturm, mein Anker. Ohne ihn wäre ich verloren.

Während ich das Gesicht fest an seine Schulter presste, hörte ich ihn sagen: „Okay, Leute, ich glaube, das reicht für heute. Es geht ihr gut, sie ist nur müde. Das war ein langer Tag. Der Arzt sagt, dass sie morgen nach Hause gehen kann, also könnt ihr sie vielleicht dort besuchen? Sie wird etwas Hilfe beim Kochen und so brauchen. Vielleicht könnt ihr ein paar Mahlzeiten zubereiten und einfrieren?"

Sein Vorschlag stieß auf volle Zustimmung. Kluger Mann. Schick sie weg, aber gib ihnen eine Aufgabe, damit sie das Gefühl haben, mir zu helfen. Und das taten sie.

Nachdem sich der Raum geleert hatte und wir allein waren, löste er sich von mir und schaute mir ins Gesicht. „Okay, und jetzt sag mir, was wirklich los ist?"

„Ich kann Ben nicht finden. Er ist in die Stadt gegangen, aber er war sich nicht sicher, ob er überhaupt so weit reisen kann, und das ist schon Stunden her." Ich schniefte. Galloway holte ein Taschentuch vom Nachttisch und reichte es mir, und ich schnäuzte mich pflichtbewusst.

„Er wird schon wieder auftauchen."

*Wird er das wirklich?* Ich hatte mich gerade zusammengerissen und nach einem weiteren Kaffee gefragt, als Dustin in der Tür erschien.

Als er mein fleckiges Gesicht und meine blutunterlaufenen Augen sah, runzelte er die Stirn. „Alles in Ordnung?",

„Ja." Ich schnupperte und schenkte ihm ein wässriges Lächeln. „Das sind nur die Nerven. Mir geht es gut, wirklich." Dann blickte ich hinter ihn. „Sie ist nicht bei dir, oder?" Der Himmel möge verhindern, dass Amanda von meinem emotionalen Zusammenbruch erfuhr. Das würde sie mir ewig aufs Brot schmieren.

„Nein, ich habe sie zu Hause abgesetzt. Wir konnten nur einen Babysitter für eine Stunde finden. Hier." Er trat in den Raum und reichte mir das Tagebuch von Kira Melendez.

„Danke, Bruderherz." Ich drückte es an die Brust. Ich musste Kira finden. Es waren vierundzwanzig Stunden vergangen. Und dass sie nicht zu Hause anrief, um wenigstens ihre Mutter wissen zu lassen, dass es ihr gut ging, sagte mir, dass etwas nicht stimmte. Das es um mehr als nur einen weggelaufenen Teenager ging.

„Ich überlasse euch das Feld. Aber lass es langsam angehen, okay?" Er zeigte auf mich, winkte Galloway zu und verschwand.

„Was ist mit dem Kaffee?" Ich lächelte Galloway zuckersüß an, der nur lachte.

„Kommt sofort. Wie wäre es mit einem richtigen Kaffee?“

Ich keuchte und drückte das Buch fester an die Brust. „Du meinst, nicht aus dem Automaten? Du würdest das Gelände verlassen?“

„Ja, für dich bin ich bereit, dieses Opfer zu bringen. Außerdem bin ich am Verhungern. Wir haben die Pizza am Freitag verpasst. Wie wäre es, wenn wir das nachholen?“

„Ja, bitte!“ Er war wirklich der beste Mann auf der ganzen Welt. Vielleicht würde ich ihn ja eines Tages heiraten. Der Gedanke ernüchterte mich und ich verzog das Gesicht.

Als Galloway das sah, grinste er, küsste mich und sagte auf meinen Mund: „Mach dir keinen Stress, ich bin gleich wieder da.“

Ich schnaubte und starrte auf sein jeansbekleidetes Hinterteil, als er hinausging. An dieser Aussicht würde ich mich niemals sattsehen können.

# KAPITEL 15

**D**ie Pizza war köstlich und der Kaffee göttlich. Nun fühlte ich mich eine Million Mal besser. Da ich ohne Beeinträchtigung aß und trank, wurde der Tropf entfernt, und ich konnte auf die Toilette gehen, was zu meinem ersten Versuch, Krücken zu benutzen, führte. Eigentlich war es gar nicht so schlimm, wie ich gedacht hatte, vielleicht wegen des zusätzlichen Anreizes, *die Krücken zu benutzen oder in die Hose zu machen.* Trotzdem schaffte ich es ohne Zwischenfälle auf die Toilette und zurück.

Galloway döste im Sessel, während ich mich im Bett aufrichtete und das Tagebuch aufschlug. Als ich das letzte Mal hineingeschaut hatte, hatte ich zufällig eine Seite aufgeschlagen und gelesen, dass

Kira mit Rowan Schluss machen wollte. Diesmal blätterte ich bis zum letzten Eintrag und ärgerte mich, dass ich das nicht schon früher getan hatte. Da stand es, schwarz auf weiß. Na ja, lila auf weiß, weil Kira lila Tinte benutzt hat, aber trotzdem gab ich mir für meine eigene Dummheit eine Ohrfeige und zuckte dann zusammen, weil mein Kopf ziemlich schmerzte.

*Ich habe ein schlechtes Gewissen, weil ich Mom und Dad angelogen habe, aber ehrlich gesagt, haben sie es verdient. Dad ist so gemein, was den Campbell-Vertrag angeht, und behandelt mich wie ein kleines Mädchen. Als wäre ich nicht alt genug, um meine eigenen Entscheidungen zu treffen. Okay, ich habe vielleicht ein schlechtes Händchen bei der Wahl meines Freundes – was für ein Idiot –, aber mir meine Chance auf die Olympiade zu verweigern, weil er Mr Campbell nicht ‚mag‘? Das ist kindisch. Also ja. Ich fühle mich gar nicht so schlecht dabei.*

*Holly meinte, ich solle es NIEMANDEM erzählen, vor allem nicht meiner Mutter, weil sie Angst hat, dass Mom ihre Idee klaut. Aber ich bin wirklich gespannt darauf, es auszuprobieren. Holly sagt, ihr Regenerationsprogramm sei eine Kombination aus der reinigenden Kraft des Wassers und regenerierenden Meeresmineralien, die die Erholung nach der Aktivität beschleunigen. Außerdem gibt es eine geführte Meditation für mentale Stärke und Konzentration. Aber es ist nicht nur eine Behandlung. Es ist ein intensives Erlebnis mit Tiefengewebe-Sportmassage, myofaszialer Entspannungstherapie und Schröpfen. Dazu kommen noch eine spezielle Diät und Trainingseinheiten. Ich kann es kaum erwarten, das alles auszuprobieren. Okay, die Alten werden wahrscheinlich ausflippen, weil ich über Nacht weg bin, aber sie werden es schon verkraften. Sie müssen lernen, dass ich kein Kind mehr bin. Ich kann meine eigenen Entscheidungen treffen.*

Ich schlug die Decke zurück, schwang die Beine aus dem Bett und zerrte an meinem Krankenhauskittel.

„Was machst du da?", Galloway hatte ein Auge aufgerissen und betrachtete gemächlich meine halb nackte Gestalt. „Nicht dass ich mich beschweren würde", fügte er hinzu.

„Ich ziehe mich an. Hier, hilf mir." Ich warf ihm den Kittel zu und suchte nach meinen Kleidern, die nicht wie erwartet in meinem Nachttisch lagen.

„Warum ziehst du dich an?" Er setzte sich auf und warf den Kittel auf das Bett, bevor er sich erhob und zu dem Einbauschrank neben der Badezimmertür ging. Er zog eine Tasche heraus und stellte sie auf das Bett neben mir.

„Weil wir gehen müssen. Ich weiß jetzt, wo meine Mandantin ist. Nun, nicht meine Mandantin, sondern ihre Tochter Kira. Sie ist die vermisste Person. Und ich weiß, wo sie ist. Und wenn ich das verfluchte Tagebuch gestern gelesen hätte, wäre sie längst zu Hause."

Ich kramte in der Tasche und holte einen BH, ein T-Shirt und eine Jogginghose heraus.

„Wann hast du das hier geholt?", fragte ich, während ich BH und T-Shirt anzog.

„Nachdem man mir Entwarnung gegeben hatte und du immer noch bewusstlos warst." Er zuckte mit den Schultern, als wäre es keine große Sache. Aber für mich war es eine große Sache. Galloway war der netteste und aufmerksamste *Captain Cowboy Hot Pants*, den ich je getroffen hatte.

„Du weißt, dass du gerade ziemlich wichtige Pluspunkte gesammelt hast, oder?"

Sein Grinsen war so sexy wie ein Grinsen nur sein konnte. *Oh ja. Er wusste es.*

„Kannst du mir mit meinem Moonboot helfen?"

„Ich bin mir nicht sicher, ob ich dich dabei unterstützen sollte." Trotzdem kniete er sich vor mir hin, schnallte den Stiefel ab und zog meinen Fuß heraus. Gemeinsam schafften wir es, die Jogginghose überzustreifen, dann brachte er den

Stiefel wieder an. Ich erwähnte nicht, dass selbst diese kurze Zeit außerhalb des Stiefels verdammt wehtat, denn sonst hätte er darauf bestanden, dass ich wieder ins Bett kroch, und das hatte ich definitiv nicht vor.

„Wo wollen Sie denn hin?" Schwester Broomhilda, wie ich sie insgeheim getauft hatte, blockierte die Tür.

„Sie werden mich sowieso vorzeitig entlassen." Ich schnappte mir die Krücken und richtete mich auf.

„Sie können nicht einfach so gehen." Sie verschränkte die Arme und zog die Lippen ein, und mir kam die Vision von Thor in den Sinn, der mit erhobenem Schwanz davonlief. Jepp. Ihr Mund sah aus wie der einer Katze und …

„Ich passe auf sie auf", unterbrach Galloway meinen Gedankengang. Vielleicht, weil er dasselbe dachte, so wie seine Lippen zuckten.

„Nein, auf keinen Fall. Genug von diesem Unsinn. Zurück ins Bett mit Ihnen." Sie eilte auf mich zu und streckte die Hand aus, um eine meiner Krücken zu ergreifen.

„Entschuldigung!" Ich entzog ihr die Krücke und wäre fast umgefallen. Galloway stützte mich, während ich die Krücke wieder in Position brachte und Schwester Broomhilda anstarrte. „Das hier ist kein Gefängnis und ich stehe nicht unter Arrest."

„Nein, natürlich nicht." Sie räusperte sich kurz. „Aber Sie stehen unter unserer Obhut, und wir haben die Pflicht …"

„Hören Sie auf", unterbrach ich sie. „Ich weiß bereits, dass ich keine Gehirnerschütterung habe. Und der einzige Grund, warum sie mich über Nacht hier behalten wollten, war, um das im Auge zu behalten. Aber wie sich herausgestellt hat, ist mein Kopf härter, als ich dachte. Ich kann mich zu Hause genauso gut ausruhen wie hier. Und dann wäre ein Bett für andere Patienten frei."

„Sie müssen das Entlassungsformular unterschreiben."

„Dann beeilen Sie sich bitte, denn ich bin schon so gut wie weg." Ich hätte fast laut gelacht, als sie sich umdrehte und blitzschnell davon eilte. Ich war mir nicht sicher, ob sie Entlassungspapiere oder Hilfe holte, um mich zurück ins Bett zu bugsieren.

„Willst du dich wirklich selbst entlassen?" Galloway hob eine Augenbraue.

Ich zuckte mit den Schultern. „Nun, das hatte ich eigentlich nicht vor. Ich wollte eigentlich zurückkommen, aber hey, je früher ich hier herauskomme, desto besser." Ich senkte die

Stimme. „Du weißt, was ich von Krankenhäusern halte."

Er öffnete die Schranktür, in der meine Tasche verstaut war, und warf mir ein Grinsen über seine Schulter zu. „Hast du schon die kostenlosen Steakmesser bekommen? Oder war es eine Darmspiegelung?"

„Bis jetzt waren es Nähte und Moonboots. Ich will mein Glück nicht überstrapazieren."

Er holte ein Paar Ballerinas aus dem unteren Teil des Schranks, kam zu mir und kniete sich hin. „Setz dich." Er klopfte auf das Bett, und ich ließ mich pflichtbewusst auf die feste Matratze sinken, während Galloway meinen gesunden Fuß anhob und mir den Schuh anzog.

„Wo sind meine Flipflops?"

„Entweder in deinem Auto oder irgendwo in der Scheune. Auf jeden Fall waren sie nicht mehr an deinen Füßen, als wir dich herbrachten."

Und doch erinnerte er sich an etwas so Alltägliches, wie sich beim Packen einer Tasche für mich zu vergewissern, dass ich Schuhe hatte. „Komm mal her." Ich nahm sein Gesicht in meine Hände, zog ihn zu mir heran und küsste ihn, wobei ich mein Bestes tat, um all die Liebe, Wertschätzung und Dankbarkeit in diesen Kuss zu pressen, die ich dafür empfand, dass er der wunderbare Mensch war, der er war.

„Ich liebe dich", flüsterte ich.

„Ich liebe dich auch."

Unser zärtlicher Moment wurde durch die Rückkehr von Broomhilda ruiniert, die in den Raum stürmte, als würde ich eine Kardinalsünde begehen, und ein Stück Papier auf den Wagen knallte, gefolgt von einem Stift.

„Sie müssen das hier unterschreiben." Sie ließ eine weiße Papiertüte auf das Blatt fallen. „Und nehmen Sie das hier."

„Alles in Ordnung?", fragte ich und betrachtete ihre geröteten Wangen und die zu einem schmalen Strich zusammengepressten Lippen.

Sie verlagerte ihr Gewicht von einem Bein auf das andere und seufzte schwer, bevor sie auf ihre Uhr schaute.

Ich warf einen Blick auf Galloway, der Broomhilda beobachtete, dann zuckte ich mit den Schultern, nahm den Stift in die Hand und kritzelte meine Unterschrift.

„Sie müssen in sieben Tagen zum Fädenziehen wiederkommen", sagte sie mit tonloser Stimme. „Wenn sich Ihre Symptome verschlimmern, kommen Sie wieder hierher oder gehen Sie zu Ihrem Hausarzt.“

„Verstanden“, meinte ich grinsend.

„Und entlasten Sie Ihren Knöchel so oft es geht.“

„Verstanden.“

„Viel Glück“, sagte sie in Richtung Galloway.

Er antwortete: „Danke.“

Sie ging, sichtlich verärgert. Aber ich hatte keine Zeit, über die Stimmung von Schwester Broomhilda nachzudenken. Nein, ich musste einen Teenager finden, und ich war mir zu neunundneunzig Prozent sicher, dass ich sie im Divine Delights Spa & Resort finden würde. Ich ärgerte mich darüber, dass ich ihr Tagebuch nicht früher gründlicher gelesen hatte. Wir hätten sie schon viel früher zu ihren Eltern zurückbringen können.

Galloway warf den Ersatzschuh in die Reisetasche, dann die weiße Tüte mit dem, was ich für Schmerzmittel hielt, bevor er den Reißverschluss schloss und sie sich über eine Schulter hängte. Er blieb an meiner Seite, während ich mich langsam auf den Weg zur Tür machte.

„Wo ist mein Geldbeutel? Und mein Handy?“, fragte ich, während wir langsam den Korridor entlang gingen. Vielleicht sollte ich mir einen

Rollstuhl besorgen und mich von Lakaien herumschieben lassen.

„Ich glaube, beides wurde als Beweismittel eingesammelt, aber ich werde mich bei Savannah erkundigen."

„Und mein Auto? Ist es … reparierbar?" Der Gedanke an meinen geliebten Honda, zerquetscht und verbeult im Straßengraben, ließ mich erschaudern.

„Ich glaube schon, aber ich bin kein Fachmann. Dein Versicherungsgutachter wird sich das ansehen müssen."

„Okay, okay." Meine Prämien würden in die Höhe schnellen. „Ich weiß, dass du gesagt hast, mein Telefon ist wahrscheinlich ein Beweismittel, aber … ist es in Ordnung? Es ist neu. Ich habe es erst heute Morgen gekauft." Ich konnte mir den Schmollmund nicht verkneifen.

„Neu? Wie kommt das denn? Audrey, was ist mit deinem alten Telefon passiert? Hast du es wieder fallen lassen?" Ich erkannte den neckischen Ton in seiner Stimme und wollte ihn nicht mit der Wahrheit überrumpeln. Also log ich. Eine kleine Notlüge.

„So etwas in der Art", meinte ich.

Er seufzte und schüttelte den Kopf. „Was soll ich nur mit dir machen, hm?"

„Mich ein Leben lang mit Telefonen und Kaffee versorgen?", schlug ich hoffnungsvoll vor.

„Das lässt sich einrichten." Er zwinkerte mir zu und ich wäre fast in Ohnmacht gefallen. Zum Glück klingelte der Aufzug und die Türen öffneten sich. Galloway streckte den Arm aus, um die Türen offen zu halten, während ich mich langsam hineinschob.

„Erzähl mir von deinem Fall", forderte er mich auf, nachdem er den Knopf für die Tiefgarage gedrückt hatte.

Ich schaffte, alles in die eine Minute und dreißig Sekunden lange Fahrt zu packen.

„Schade, dass du das Tagebuch nicht früher gelesen hast", meinte er nur.

„Ja. Zu schade." Ich hatte ohnehin schon ein schlechtes Gewissen gehabt und nun fühlte ich mich noch tausend Mal schlechter. Ich humpelte auf meinen Krücken und einem Bein zu Galloways Auto. Er half mir auf den Beifahrersitz, verstaute meine Krücken auf der Rückbank und setzte sich dann hinter das Steuer.

„Du bist plötzlich so still." Er gab die Adresse des Spas in das Navi auf dem Armaturenbrett ein.

Meine Mundwinkel fielen nach unten. „Ich fühle mich schlecht."

„Hast du Schmerzen?" Er drehte sich sofort zu mir um und ich schüttelte den Kopf.

„Nein, nicht so schlecht. Dass ich diesen Fall verpfuscht habe. Dass ein junges Mädchen die ganze Nacht vermisst wird, obwohl es schon längst wohlbehalten nach Hause zurückgekehrt sein könnte, wenn ich nur das verflixte Tagebuch gelesen hätte."

Galloway strich mir liebevoll mit den Fingerknöcheln über die Wange. „Mach dich nicht verrückt. Du bist erst seit Kurzem Privatdetektivin. Fehler passieren. Das Gute daran ist, dass sie in Sicherheit ist."

„Gutes Argument. Sie amüsiert sich wahrscheinlich prächtig. Wir anderen sind es, die krank vor Sorge sind."

„Wohin fahrt ihr?", fragte Ben vom Rücksitz und ließ mich erschrocken aufschreien.

Galloway trat auf die Bremse und der Wagen kam zum Stehen, wobei ich nach vorne gegen den Sicherheitsgurt geschleudert wurde und alle meine ohnehin schon schmerzenden Muskeln reaktiviert wurden. „Aua", wimmerte ich und rieb mir die Brust.

„Entschuldigung. Aber du hast geschrien."

„Ben hat sich uns angeschlossen. Er hat mich erschreckt.“

„Oh. Okay. Also sitzt er nicht irgendwo fest?“ Galloway nahm den Fuß von der Bremse und steuerte den Wagen vom Parkplatz. Kurz darauf erreichten wir die Landstraße in Richtung Divine Delights Spa & Resort. Ich hatte ein Déjà-vu-Gefühl – ich war genau auf dieser Landstraße unterwegs gewesen, als Redding mich von der Straße gedrängt hatte.

„Irgendwo festsitzen?“, wiederholte Ben und lehnte sich zwischen die Vordersitze.

„Ich habe mir Sorgen gemacht. Ich dachte, du wärst in die Stadt gereist, aber es wäre zu weit gewesen und du würdest jetzt irgendwo festsitzen.“

„Nein, nein, alles gut.“

„Warum warst du dann so lange weg?“, wollte ich wissen.

„Tut mir leid, Fitz. Ich habe mich ein wenig … hinreißen lassen.“

„Du warst einkaufen, richtig?“ Ben war süchtig nach dem Shopping-Kanal. Ich konnte ihn regelrecht vor mir sehen, wie er durch die Stadt geistert. Die Vorstellung war zu verlockend.

„Vielleicht.“

„Definitiv.“

„Aber ich habe Campbell überprüft. Keine Spur von Kira.“

„Das liegt daran, dass sie sich die ganze Zeit im Divine Delights Spa & Resort versteckt hat.“ Ich erzählte Ben, was wir entdeckt hatten. Oder besser gesagt, was ich herausgefunden hatte, als ich endlich dazu gekommen war, ihr Tagebuch zu lesen.

Ben legte mir eine Hand auf die Schulter, deren Kälte meine zarten Muskeln beruhigte. „Schreib es der Erfahrung zu, Fitz.“ Das war ein ziemlich guter Rat. „Es ist sinnlos, sich darüber den Kopf zu zerbrechen. Das Wichtigste ist, dass du Kira gesund und munter wiedergefunden hast.“

„Das hat Galloway auch gesagt.“

„Das liegt daran, dass ich ein kluger Mann bin“, witzelte Galloway, der keine Ahnung hatte, worüber wir sprachen, da er Ben weder sehen noch hören konnte.

Offenbar verschlief ich den Rest der Fahrt, denn das Nächste, an das ich mich erinnerte, war, dass Galloway vor meiner Tür stand und ich ihm verschlafen in die Augen blinzelte.

„Habe ich gesabbert?“, fragte ich und fuhr mir mit dem Handrücken über den Mund.

Er lachte. „Nein.“

„Ben sagt, ich sei ein Mundatmer, der sabbert.“

„Ben schaut dir beim Schlafen zu?“ Ich hörte den Unterton in Galloways Stimme. Derjenige, der sagte, er fände das gruselig. Ich warf Ben einen triumphierenden Blick zu.

„Ein Schlag unter die Gürtellinie, Fitz“, sagte er, bevor er durch das Auto ging.

„Nur auf dem Sofa“, erklärte ich Galloway.

„Nun, dann sag Ben, dass ich aus zuverlässiger Quelle weiß, dass du weder das eine noch das andere tust.“

Er reichte mir meine Krücken und half mir aus dem Auto. In diesem Moment erhaschte ich einen ersten Blick auf das Divine Delights Spa & Resort. Das Haus war ein Herrenhaus! Warum Holly Wilson sich von Stephanie bedroht fühlte, war mir schleierhaft. Hollys Schönheitsfarm lag auf einem großen, üppig bewachsenen Grundstück, und die Fassade selbst war unglaublich schön. Ich konnte mir nur vorstellen, dass es im Inneren genauso war – eine wahre Augenfreude. Und obwohl Stephanies Spa ebenfalls schön war, konnte es mit Hollys nicht mithalten.

# KAPITEL 16

„Tut mir leid, Holly hat gerade eine Kundin", meinte die Empfangsdame.

Galloway zog seinen Ausweis heraus und hielt ihn hoch. „Sagen Sie ihr, dass es wichtig ist."

„Ja, Sir." Sie trat hinter der Rezeption hervor und verschwand hinter einer Tür mit der Aufschrift ‚Privat'.

„Ich frage mich, ob ich auch eine Marke bekommen kann", meinte ich gedankenverloren und sah zu, wie Galloway seine Marke in seine Gesäßtasche steckte.

„Sie kann sehr nützlich sein", sagte Galloway. „Aber um deine Frage zu beantworten: Nein, Privatdetektive bekommen keine eigene Marke."

„Wenn ich mit meiner Visitenkarte herumfuchtle,

führt das aber nicht zu denselben Ergebnissen“, beschwerte ich mich.

„Nein?“ Er klang überrascht. Ich lachte, schlug ihm spielerisch auf die Schulter und verlor prompt das Gleichgewicht. Er hielt mich fest, bis ich mich wieder gefangen hatte, und zeigte dann auf ein Sofa. „Komm, setzen wir uns. Du bist gerade nicht in der Verfassung, um lange auf den Beinen zu sein. Auf einem Bein.“

Davon musste er mich nicht überzeugen. Ich hatte mich gerade in die Plüschkissen fallen lassen, als sich die Tür mit der Aufschrift ‚Privat‘ öffnete und eine brünette, ganz in Weiß gekleidete Frau erschien. Sie sah uns und ging auf uns zu.

Galloway stand auf. „Holly Wilson?“

„Ja?“ Holly war auf eine schlichte Art hübsch. Sie war das, was ich als durchschnittlich bezeichnen würde. Durchschnittliche Größe, durchschnittliches Gewicht, durchschnittliches Aussehen. Doch als ich genau hinsah, musste ich feststellen, dass sie eine wunderbare Haut hatte. Es sah fast so aus, als ob sie keine Poren hätte.

„Detective Kade Galloway, und das ist Privatdetektivin Audrey Fitzgerald.“

„Entschuldigen Sie mich, wenn ich nicht aufstehe.“ Ich lächelte sie an.

Holly schaute von mir zu Galloway und wieder zurück. „Wie kann ich helfen?"

Galloway setzte sich neben mich und bedeutete Holly, es ihm gleichzutun. Ich wusste diese Geste zu schätzen. Ich hätte mir einen steifen Nacken geholt, wenn ich nach oben hätte schauen müssen. Nachdem sie Platz genommen hatte, murmelte Galloway: „Du bist dran."

*Oh. Okay.* Ich räusperte mich. „Ich habe gehört, dass sich Kira Melendez bei Ihnen aufhält?"

Hollys Kopf ruckte zurück und ihre Finger berührten ihre Lippen. „Hm", sagte sie ausweichend.

„Ist Ihnen bekannt, dass sie als vermisst gilt?"

„Was?" Ihre Stimme erhob sich und die Hand an den Lippen wanderte zur Brust. „Aber sie ist nicht verschwunden. Sie ist hier."

„Haben Sie sie gewarnt, ihren Eltern nicht zu sagen, wo sie hingeht, oder nicht? Dass sie hierher kommt, um Ihr Regenerationsprogramm zu testen?"

Holly wurde blass. „Oh mein Gott. Das habe ich tatsächlich gesagt."

„Warum?", schaltete Galloway sich ein.

„Das war im Scherz!", protestierte sie. „Na ja, halb im Scherz. Ich wollte nicht, dass Stephanie Wind von meinem neuen Programm für Sportler bekommt. Vor allem, wo sie eine eigene Athletin unter ihrem Dach wohnen hatte. Es hat mich überrascht, dass sie nicht bereits ein solches Programm oder eine Behandlung anbot. Ich wollte nicht, dass sie meine Idee klaut. Also habe ich Kira gebeten, das *Programm* nicht zu erwähnen."

„Ja, aber Ihre beiden Einrichtungen sind doch total veschieden", betonte ich.

„Es wird gemunkelt, dass Stephanie einen reichen Geldgeber hat. Und dass nichts sie daran hindern kann, zu expandieren."

Aha, Stephanies Geheimnis war also doch nicht so geheim. Interessant. Hatte Bill vielleicht Wind davon bekommen? War das der Grund, warum er Kira die Zusammenarbeit mit ihm untersagt hatte?

„Ich verstehe allerdings nicht, warum Sie glauben, dass Kira vermisst wird. Sie ist siebzehn, kaum noch ein Kind." Holly sah wirklich verwirrt aus. Das sollte sie auch sein.

„Kira ist fünfzehn", sagte ich.

„Also minderjährig", fügte Galloway hinzu.

Holly wurde wieder blass und ließ sich in ihrem Stuhl zurücksinken. „Oh je … ich hatte keine Ahnung … sie sagte …"

Ich legte den Kopf schief. „Sie sagte, sie sei siebzehn, also erlaubten sie ihr … was? Beta-Testerin Ihres Programms zu werden?"

„So etwas in der Art, ja. Oh mein Gott, ich kann das nicht glauben. Normalerweise müssen alle unsere Kunden mindestens achtzehn Jahre alt sein, aber da es sich um einen Beta-Test handelte und ich unbedingt jemanden von Kiras Format wollte, habe ich zugestimmt, sie aufzunehmen, obwohl sie erst siebzehn ist." Holly fächelte sich Luft zu. „Es tut mir so leid. Ehrlich, ich hätte sie nie eingeladen, wenn ich gewusst hätte, dass sie erst fünfzehn ist. Oh, ihre armen Eltern … Und sie wissen nicht, dass sie hier ist?"

Ich schüttelte den Kopf. „Nein. Sie ist einfach verschwunden."

Holly riss sich zusammen und stand auf. „Ich werde sie sofort holen lassen. Und ich werde Stephanie anrufen, um ihr alles zu erklären und um mich zu entschuldigen." Sie eilte davon, wobei sie in die Hände klatschte. Ich beobachtete, wie sie leise mit der Empfangsdame sprach, die nickte und nach dem Hörer griff.

Innerhalb von fünf Minuten stand Kira vor uns, in schwarzen Leggings und einem übergroßen T-Shirt. „Erwischt, was?", sagte sie.

„Offensichtlich", stimmte ich zu.

Galloway zeigte auf den Stuhl, auf dem Holly gesessen hatte. „Setz dich."

Kira gehorchte.

„Erklär es uns", forderte Galloway sie auf.

Anstatt sich einschüchtern zu lassen und sich zu entschuldigen, reagierte Kira trotzig und entschuldigte sich nicht für ihr Handeln. „Ich habe gelogen, weil Mom und Dad sowieso Nein gesagt hätten. Sie sagen zu allem Nein. Also habe ich beschlossen, für mich selbst zu entscheiden, um zu bekommen, was ich will."

Ich blinzelte überrascht. Sie hatte nicht ganz unrecht. Trotzdem war sie noch minderjährig und ihre Eltern hatten ein Mitspracherecht, ob ihr das nun gefiel oder nicht.

„Hast du auch nur eine Sekunde daran gedacht, dass du Miss Wilson damit in große Schwierigkeiten bringen könntest?", wollte Galloway wissen, wobei er seine Stimme bewusst ruhig hielt, während ich drauf und dran war, eine kleine Schimpftirade zum Besten zu geben.

Kira runzelte die Stirn. „Probleme? Was für Probleme?"

„Du bist minderjährig. Aufwiegelung, von zu Hause wegzulaufen. Bestechung einer Minderjährigen."

„Ich bin nicht weggelaufen. Ich mache ein Wellnessprogramm. Und niemand hat irgendjemanden bestochen. Holly suchte nach ein paar Leuten, um ihr neues Sportprogramm zu testen, und ich habe mich freiwillig gemeldet."

„Und dabei hast du sie angelogen. Deine Eltern und Holly. Du hast niemandem gesagt, wo du bist. Du hast die Schule geschwänzt. Du bist über Nacht weggeblieben, ohne dich bei deinen Eltern zu melden. Und weißt du, wem deine Eltern die Schuld an allem geben werden? Holly Wilson. Sie könnten sie sogar anzeigen."

„Sie hat nichts Falsches getan", widersprach Kira.

„Nein, das hat sie nicht. Aber sie ist die Erwachsene in dieser Situation. Und du hast sie in eine unmögliche Lage gebracht", sagte ich.

Kira schaute mich mit trotzigen Augen an, bis sie unerwartet wie ein Luftballon zusammensackte. „Ich brauchte einfach eine Pause." Sie schluckte schwer und Tränen traten ihr in die Augen. „Mom und Dad streiten sich nur noch über den Vertrag mit Mr Campbell. Mom will ihn akzeptieren, Dad nicht, und ich sitze genau dazwischen. Keiner von ihnen kommt auf die Idee, mich zu fragen, was ich will."

„Was willst du denn, Kira?", fragte ich.

„Ich möchte, dass Mr Campbell mein Manager wird. Ich möchte zu den Olympischen Spielen. Und er kann mir helfen, dorthin zu kommen."

„Also war diese Aktion hier … was? Eine Chance, deinen Eltern eine Lektion zu erteilen?"

„Vielleicht. Aber ich werde auch erwachsen. Und wenn ich jetzt noch nicht siebzehn bin, bald werde ich es sein. Und dann bin ich achtzehn und sie haben mir nichts mehr zu sagen."

Ich seufzte schwer. „Ich weiß, worauf du hinauswillst, Kira, wirklich, aber das war nicht die schlauste Art, die Dinge anzugehen. Jetzt geh und pack deine Sachen, damit wir das Gespräch mit deinen Eltern hinter uns bringen können, okay?"

„Okay."

Mein Mund verzog sich zu einem halben Lächeln. Okay. Ein Wort, das normalerweise bedeutete, dass alles in Ordnung war. Aber in den meisten Fällen bedeutete ‚okay' genau das Gegenteil.

Kurz nachdem Kira gegangen war, kehrte Holly zu uns zurück, wobei sie ihre Finger immer wieder vor Sorge ineinander verknotete. „Und?", fragte sie.

„Kira holt nur ihre Sachen", erklärte Galloway. „Dürfte ich vielleicht einen Vorschlag machen? Lassen Sie uns das allen eine unschätzbare Lektion sein. Und von nun an werden die Ausweise kontrolliert."

Holly senkte den Kopf. „Betrachten Sie es als erledigt."

Galloway stand auf und half mir auf die Beine, wobei er mir meine Krücken reichte.

„Ich bringe Audrey kurz zum Wagen. Könnten Sie Kira rausbringen, sobald sie gepackt hat?"

„Natürlich", antwortete Holly.

Auf der Heimfahrt herrschte Schweigen. Kira starrte mürrisch aus dem Fenster, während ich darüber nachdachte, ob es in Ordnung war, Alkohol zu trinken, während man Schmerzmittel einnahm.

Galloways beruhigende Präsenz kam Stephanie und Bill sehr gelegen, die gleichzeitig überglücklich waren, dass ihre Tochter wieder da war, aber auch wütend, weil sie so einen Mist gebaut hatte.

„Danke", sagte Stephanie noch einmal zu mir, als ich bereits wieder auf dem Beifahrersitz saß, nachdem wir Kira zurückgebracht hatten.

„Gern geschehen. Viel Glück."

Sie schnaubte. „Das werde ich brauchen. Aber Ihr Detective hat recht. Unsere Tochter wird erwachsen und sie hat eine Stimme, die gehört werden will. Das war ein Weckruf für uns alle."

Ich tätschelte ihre Hand und lächelte, dann unterdrückte ich ein Gähnen. Das war ein ereignisreicher Tag gewesen. Alles, was ich jetzt wollte, war mein Sofa und meinen Kaffee.

„Wenn Sie Lust haben, kommen Sie doch im Spa

vorbei. Und bringen Sie Ihre Freundinnen mit. Die Behandlungen gehen auf Kosten des Hauses."

„Wissen Sie was, ich glaube, das werde ich tatsächlich tun. Ich habe gesehen, dass Sie ein Kaffee-Körperpeeling haben, das ich gerne ausprobieren würde."

„Oh, das wird Ihnen gefallen. Ich kann es nur empfehlen."

Zehn Tage später hielten Laura und ich vor dem Ivelisse Day Spa. Meine Fäden waren gezogen und die Krücken verschwunden, aber den Moonboot musste ich immer noch tragen. Also stapfte ich den roten Backsteinweg entlang in Richtung des historischen Gebäudes, meinen Arm mit Lauras Arm verschränkt. Mom und Amanda folgten hinter uns. Ich hatte beschlossen, einen Familienausflug aus dem Tag zu machen. Eine Belohnung für all die Fürsorge, die ich während meiner Genesung erhalten hatte.

„Das sieht ja fantastisch aus", meinte Laura.

„Ja", antwortete Amanda hinter uns. „Stephanie hat wunderbare Arbeit geleistet."

„Sieht teuer aus", sagte Mom. Sie hatte recht. Es

sah aus wie ein Ort, an dem man mehrere Hundert Dollar pro Besuch hinlegen musste.

„Entspann dich, Mom." Ich lächelte ihr über die Schulter zu. „Es wird dich keinen Cent kosten." Selbst wenn es etwas kosten würde, würde ich es gerne bezahlen, damit Mom das Erlebnis genießen konnte.

Ich stieß die glänzende Holztür auf und betrat das Foyer.

Stephanie Melendez schaute hinter der Rezeption auf. „Audrey! Sie haben es wirklich geschafft." Sie strahlte. „Sie sehen schon viel besser aus."

„Ich fühle mich auch schon viel besser. Darf ich Ihnen meine Familie vorstellen? Das sind meine Mutter, meine Schwester Laura und meine Schwägerin Amanda."

„Herzlich willkommen im Ivelisse Day Spa."

„Ich muss Sie einfach fragen, was Ivelisse bedeutet", meinte Laura.

Stephanie lächelte. „Es bedeutet Leben." Sie reichte jeder von uns einen Katalog. „Schauen Sie sich das Angebot an und wir vereinbaren einen entsprechenden Termin in einem unserer Behandlungsräume."

„Gibt es Einschränkungen bei den

Behandlungen, da sie kostenlos sind?", fragte Amanda. „Also nur Gesichtsbehandlungen oder so?"

„Ganz und gar nicht. Ich möchte Sie sogar dazu ermutigen, eines der Ganzkörperangebote zu wählen."

Das hörte sich sehr gut an, also blätterte ich auf die entsprechende Seite im Katalog. Mein Blick fiel auf das Kaffee-Körperpeeling, das ich schon bei früheren Besuchen gesehen hatte. *Gekauft!*

Amanda schien es auch gesehen zu haben, denn sie runzelte die Stirn und sah von dem Katalog zu mir und dann zu Stephanie. „Vielleicht können Sie jeder von uns etwas empfehlen? Ich bin auf der Suche nach etwas Feuchtigkeitsspendendem. Den ganzen Tag im Büro zu arbeiten, trocknet die Haut stark aus. Und ich bin mir sicher, dass Mom sich über etwas Anregendes freuen würde, vielleicht etwas, das ihrer Arthritis hilft? Laura ist schwanger, also vielleicht etwas, das ihre hormonell bedingte Haut beruhigt? Und Audrey. Es tut mir leid, Audrey, aber du siehst einfach nur erschöpft aus. Ich bin mir nicht sicher, ob das Kaffee-Peeling eine gute Wahl für dich wäre."

Laura, Mom und ich sahen Amanda mit offenem Mund an. Das war auch eine Möglichkeit, jeder von uns ihre Schwäche vor Augen zu führen. Lauras

Hände flogen zu ihrem Gesicht, um nach irgendwelchen hormonellen Ausbrüchen zu suchen. Ich beugte mich zu ihr und flüsterte: „Entspann dich. Es ist kein einziger Pickel in Sicht."

„Danke", flüsterte sie zurück.

Stephanie blinzelte, ihr Lächeln war wie eingefroren, bevor sie sich sammelte. „Ja, natürlich, ich empfehle Ihnen gerne geeignete Behandlungen." Sie wandte sich an Laura. „Viele der Körperbehandlungen sind für Schwangere nicht zu empfehlen. Erstes Trimester?"

„Zweites, aber man sieht wirklich noch nicht viel."

„Herzlichen Glückwunsch. Dann empfehle ich Ihnen unsere Gesichtsbehandlung für Schwangere. Sie wirkt feuchtigkeitsspendend und beruhigend. Sie erhalten ein sanftes Peeling, eine feuchtigkeitsspendende Maske und eine regenerierende Creme, die Ihnen einen wunderbaren Glow verleiht."

„Das klingt gut."

„Und als Ergänzung zur Gesichtsbehandlung empfehle ich Ihnen eine entspannende Kopfhautmassage, ein Fußpeeling und eine Fußmassage."

Laura seufzte. „Das klingt wunderbar. Besonders

die Fußmassage. Ich habe zwar noch ein paar Monate vor mir, aber die Füße bringen mich jetzt schon um."

Stephanie hob den Arm und winkte kurz, woraufhin eine Frau in der blassrosa Uniform des Day Spa erschien.

„Laura, Ihre Kosmetikerin ist Louise. Sie wird sich hervorragend um Sie kümmern."

Laura und Louise machten sich auf den Weg, während Stephanie sich um Mom und Amanda kümmerte. Mom bekam eine luxuriöse Limetten-Ingwer-Behandlung und Amanda einen Zitronenverbene-Feuchtigkeitswickel.

Nachdem sie mit ihren jeweiligen Kosmetikerinnen gegangen waren, wandte sich Stephanie an mich. „Dann bleiben nur noch wir beide übrig." Sie lächelte. „Kommen Sie mit und dann finden wir auch für Sie das Richtige."

Ich folgte ihr nach oben in einen Behandlungsraum, zog Kleidung und den Moonboot aus, schlüpfte in das bereit liegende Papierhöschen und legte mich mit dem Gesicht nach unten auf die Behandlungsliege, eingehüllt in eine Kunstpelzdecke, um mich warm zu halten. Kerzen flackerten und aus den Lautsprechern in der Ecke der Decke dudelte beruhigende Musik. Stephanie hatte mich allein gelassen, um sich fertigzumachen, und während ich da lag und auf ihre Rückkehr wartete, dachte ich an das Kaffeepeeling, das mich erwartete. Kaffee war mein Nirwana. Doch es mir auf die Haut zu reiben, wäre mir selbst nicht eingefallen. Aber hey, ich war offen für neue Erfahrungen, vor allem, wenn es um Kaffee ging.

Die Tür öffnete sich und Stephanie kam zurück. „Alles bereit?"

„Natürlich."

„Gut, dann beginnen wir mit dem Peeling. Anschließend folgt eine Massage mit einem pflegenden Öl, das Gesundheit und Wohlbefinden fördert."

„Okie dokie." Ich konnte das Kaffee-Peeling kaum erwarten. Ich lag mit geschlossenen Augen da und hörte zu, wie Stephanie herumwuselte und meine Behandlung vorbereitete.

„Ich werde die Decke bis knapp unter die Taille herunterziehen, okay?"

„Mmmhmm." Ich spürte, wie sie die Decke bis zu meinem unteren Rücken zurück faltete, dann faltete sie sie von meinen Beinen aufwärts, sodass ich bis auf meinen Hintern völlig entblößt war.

Dann begann sie, mit einem Spatel eine kühle Paste auf meine Haut aufzutragen. Sie begann an den Schultern und wanderte dann über Arme, Rücken und Beine. Anfangs war das Gemisch noch kalt, doch dann erwärmte es sich bald durch meine Körperwärme und mit der Erwärmung kam auch der Geruch. Und was ich roch, war kein Kaffee. Das war etwas viel … Schärferes.

„Was ist das denn für ein Geruch?"

„Dies ist eine Meeresalge, die reich an Mineralien und Nährstoffen ist", erklärte Stephanie. „Sie ist perfekt für alle, die sich schlapp und müde fühlen. Amanda hat diese Behandlung für Sie bestellt."

Hatte sie das? Dieses hinterhältige Etwas. Meine Verärgerung darüber, dass Amanda sich über meine Wünsche hinweggesetzt hatte, wurde von Stephanie unterbrochen: „Ich werde Sie in eine Wärmedecke einwickeln, und während wir den Wickel wirken lassen, bekommen Sie eine entspannende Kopfmassage mit Bio-Ölen."

*Von mir aus.* Ich schmollte, weil ich nicht das Kaffeeerlebnis bekam, das ich erwartet hatte, aber trotz des Geruchs fühlte sich der Algenwickel tatsächlich ziemlich gut an. Und die Thermodecke war kuschelig warm und ich stellte mir vor, welch gute Dinge sie bewirkte.

Als Stephanie jedoch mit der Kopfmassage begann, war meine ganze Wut vergessen. *Oh. Mein.*

*Gott.* Zum Glück lag ich bereits. Ich bezweifelte, dass ich die Kraft gehabt hätte, stehen zu bleiben, sobald ihre Finger ihre Magie auf meiner Kopfhaut entfalteten.

Eine gefühlte Ewigkeit später endete die Massage. Ich lag da auf dem Tisch, eingewickelt wie ein Burrito und roch wie der Grund eines Sees, hundertprozentig entspannt. Als die Massage vorbei war, begann Stephanie, mich aus meinem Burrito zu befreien. „Okay, Zeit, Sie abzuwaschen."

Nachdem ich mich von der Thermodecke befreit hatte, fühlte ich mich kalt und durchnässt, sodass die warme Dusche eine willkommene Erleichterung war. Danach ging es zurück auf den Tisch für eine göttliche Massage, wobei die von Stephanie verwendeten Öle eine willkommene Abwechslung zum Gestank von Algen und Seetang waren.

Eine Stunde und zwanzig Minuten später war ich wieder unten, angezogen, benommen und entspannt.

Stephanie stand im Foyer und wartete auf mich. „Wie fühlen Sie sich nach der Behandlung?"

„Ehrlich gesagt, ziemlich gut." Das stimmte. Meine Haut fühlte sich samtig weich und geschmeidig an. Die Dusche und die anschließende Massage hatten meinen Körper von dem Gestank der Algen befreit. In diesem Moment war ich entspannt und gleichermaßen gestärkt. Alles, was ich brauchte, war ein Kaffee.

„Ausgezeichnet. Die anderen genießen die kostenlosen Erfrischungen an der Bar.“

Ich bedankte mich zum hundertsten Mal und gesellte mich zu Mom, Amanda und Laura, die an Gläsern mit Wasser nippten, in denen Gurkenscheiben schwammen.

„Und, wie hat euch die Verwöhnsession gefallen? Du strahlst übrigens wirklich“, sagte ich zu Laura und grinste.

„Danke.“ Zuerst lächelte sie. Dann entglitt ihr das Lächeln. „Was ist das denn für ein Geruch?“

„Oh, das ist mein Algen-Seetang-Wickel, den Amanda für mich bestellt hat.“

Mom runzelte die Stirn. „Aber ich dachte, du wolltest das Kaffee-Peeling?“

„Das wollte ich auch, Mom.“ Ich warf Amanda einen anklagenden Blick zu und sie besaß den Anstand, zu erröten.

„Ich mache mir nur Sorgen wegen deines Koffeinkonsums, Audrey“, lautete ihre lahme Ausrede. „Jemand muss doch auf deine Gesundheit achten.“

„Das ist nicht deine Aufgabe, Amanda“, sagte ich.

Und dann fiel es mir wie Schuppen von den Augen. „*Du* warst das! Du hast meinen Kaffee gegen koffeinfreien ausgetauscht!" Meine Stimme stieg höher als meine Augenbrauen.

Amanda zuckte zusammen, was darauf hindeutete, dass sie schuldig im Sinne der Anklage war. Und fassungslos. Das war ich auch, Lady, das war ich auch. Niemand vergriff sich an meinem Kaffee und kam ungeschoren davon.

„Ladys, Ladys." Laura stellte sich zwischen uns. „Vergessen wir nicht, wo wir sind, hmm?" Ihre Augen funkelten und ich merkte, dass sie ihr Bestes tat, um nicht zu lachen.

„Es ist ihre Schuld, dass ich wie eine Sumpfratte stinke", meinte ich zähneknirschend. „Ihr riecht alle nach Frangipanis und verdammtem Sonnenschein."

„Es tut mir leid", meinte Amanda.

„Nein, das tut es nicht."

„Du hast recht, das tut es nicht."

Mom und Laura sahen erst mich an, dann Amanda, und dann brachen wir alle in Gelächter aus. Wir winkten Stephanie zum Abschied zu und gingen kichernd aus der Tür.

Amanda würde Mom mitnehmen, Laura mich, da ich mit meinem Moonboot immer noch nicht fahren konnte. Das war kein Drama, da mein Auto ohnehin in der Werkstatt war. Wir blieben zwischen den beiden Fahrzeugen stehen und umarmten uns zum Abschied, wobei alle die Nase rümpften, sobald sie mit mir in Berührung kamen.

Amanda erklärte sich erneut. „Ich dachte, eine Entgiftungsbehandlung wäre besser für dich. Ich habe in deinem eigenen Interesse gehandelt, weil du dich so stur geweigert hast."

„Falls das eine Entschuldigung war, war sie völlig unzureichend. Vor allem, was das ‚Es tut mir *leid*‘ angeht." In Wahrheit war ich nicht einmal mehr wütend. Amanda war eben Amanda. Doch das bedeutete nicht, dass ich es auf sich beruhen lassen würde. Oh, nein. Ich würde mich rächen, daran bestand kein Zweifel.

„Wusste Dustin, dass du mit meinem Kaffee herumgespielt hast?"

Sie schüttelte den Kopf.

Ich grinste. „Nun, dann geh nach Hause und frag ihn, was mit Leuten passiert, die sich mit Audrey Fitzgerald anlegen."

Amanda besaß wenigstens den Anstand, verlegen dreinzuschauen. „Was meinst du damit?"

„Ich meine, dass du von nun an mit einem offenen Auge schlafen solltest, Amanda." Dann winkte ich ihr fröhlich zu und kletterte auf den Beifahrersitz von Lauras Auto.

„Was hast du vor?", fragte Laura, als sie sich hinter das Lenkrad setzte.

„Keine Ahnung, aber es wird riesig werden!", antwortete ich lachend. Es war höchste Zeit, dass Amanda Fitzgerald lernte, sich ein für alle Mal aus dem Leben ihrer Schwägerin herauszuhalten.

„Das wird bestimmt großartig." Laura stimmte in mein Lachen ein.

„Oh ja, das wird es. Ich sage dir, gute Zeiten liegen vor uns, meine Liebe, gute Zeiten."

# WAS KOMMT ALS NÄCHSTES?
## GEIST, LASS NACH

Wie könnte eine anständige, leicht unbeholfene und stark koffeinsüchtige Privatdetektivin eine Mutprobe ablehnen? Kurze Antwort: Sie kann es nicht. Und nun versuche ich verzweifelt herauszufinden, wie ich eine ganze Woche lang ohne Kaffee auskommen soll!

Wie soll ich damit klarkommen, dass meine Laune mies, meine Stimmungen schwankend und meine Geduld längst am Ende sind? Und mit ,damit' meine ich die Leiche in meinem Vorgarten.

Bevor ich ,Doppelter Espresso' sagen kann, habe ich einen Geist, dessen Übergang ins Jenseits alles andere als reibungslos verläuft, eine übergewichtige

Katze, die nervtötend über ihre neue (definitiv notwendige) Diät schimpft, und ein Rätsel, dessen Lösung mehrere Besuche in der örtlichen Brauerei erfordert. Wie kann in diesem Schlechten etwas Gutes liegen?

**Bald erscheint GEIST, LASS NACH!**

Klicken Sie HIER, damit Sie diese Serie noch heute lesen können!

**Alle Romane von Jane finden Sie** https://janehinchey.com/deutsch!

Jane Hinchey ist eine australische Autorin, die es liebt, Cozy Mystery Crimes zu schreiben, in denen es viel zu lachen gibt - wer sagt denn, dass ein Mord keinen Spaß machen kann? Ihre Bestseller-Reihe 'Die Geisterdetektivin' vereint all dies in einem faszinierenden Schmelztiegel aus paranormaler Gefahr, rasanter (aber nicht zu gefährlicher) Action und viel augenzwinkerndem, bissigen Humor.

Jane lebt in der Welt der Sterblichen mit ihrem nicht-paranormalen Mann, zwei Katzen, deren paranormaler Status noch nicht geklärt ist (sie hat sie einmal dabei erwischt, wie sie versucht haben, ein Portal in der Küche zu öffnen), und einer Schildkröte namens Squirt (die riesig ist!).

Manchmal, wenn das übernatürliche Chaos nach einer anderen Art von Geschichte verlangt, schreibt sie unter dem Namen Zahra Stone, wo die Figuren, die einem begegnen, ebenso sexy wie tödlich sind.

Kontaktieren Sie Jane über ihre Website und abonnieren Sie ihren Newsletter - http://www.janehinchey.com/deutsch

VIP-Lesergruppe - https://janehinchey.com/littledevils

Facebook – facebook.com/janehincheyauthor

---

**DIE ‚GEISTERDETEKTIV'-SERIE**

Begleiten Sie die angehende Privatdetektivin Audrey Fitzgerald, einen sprechenden Kater und ihren geisterhaften besten Freund bei der Lösung der rätselhaften Ereignisse, die sich in Firefly Bay zutragen. Beginnen Sie mit Buch 1, Ghost Mortem.

**DIE ‚WITCH WAY'-SERIE**

Begleiten Sie die lustigen Abenteuer der

unerschrockenen Hexe Harper Jones und ihres Katers Archie, während sie die Morde und Geheimnisse in Whitefall Cove untersuchen. Beginnen Sie mit Buch 1, Witch Way to Murder & Mayhem.

## DIE MIDNIGHT CHRONICLES

Treffen Sie Midnight, die Hexe in den Wechseljahren, die zur magischen Kopfgeldjägerin wird! Beginnen Sie mit Buch 1, One Minute to Midnight.

## KOMMEN SIE MIT JANE IN KONTAKT

Melden Sie sich für meinen Newsletter an und erhalten Sie eine besondere, exklusive Geschichte, *Cupcakes & Curses* und jede Menge Katzenbilder! Janehinchey.com/subscribe

Oder vielleicht möchten Sie sich mit anderen Krimi-Liebhabern austauschen und von neuen Büchern und Verlosungen erfahren, sobald sie erscheinen! Dann treten Sie Janes VIP-Lesergruppe bei: https://janehinchey.com/littledevils